Die Vergiftung

Papier aus verantwortungsvollen Quellen
Paper from responsible sources
FSC® C105338

Maria Lazar

Die Vergiftung

AuraBooks

– Bibliografische Information der Deutschen Nationalbibliothek –
Die Deutsche Nationalbibliothek verzeichnet diese Publikation in der Deutschen Nationalbibliografie; detaillierte bibliografische Daten sind im Internet über http://dnb.d-nb.de abrufbar.

IMPRESSUM

ISBN: 978-3755726449
MARIA LAZAR: DIE VERGIFTUNG
Originalausgabe 10/2021 (Print/eBook) by © AuraBooks®
Print-Originalausgabe 1920 by E. P. Tal & Co., Verlag Leipzig und Wien
Neu überarbeitet und in aktualisierter Rechtschreibung
Lektorat: R. Steinheimer | Endlektorat und Umschlaggestaltung: textkompetenz.net
Covermotiv: © Alfred Cheney Johnston, ca. 1929
Herausgeber: © AuraBooks | eclassica@aurabooks.de
Gesetzt aus der Garamond
Herstellung und Verlag: BoD – Books on Demand, 22848 Norderstedt
Dieses Buch gibt es auch als eBook,
z. B. im amazon Kindle Bookstore

Inhalt

Über dieses Buch

RUTH, eine junge Frau Anfang 20, rebelliert. Sie führt einen Kampf gegen das verstaubte Spießertum der großbürgerlichen Gesellschaft in Wien kurz vor Ausbruch des Ersten Weltkriegs. Der Zorn äußert sich im expressionistisch drängenden Staccato des mitreißenden Textes von Maria Lazar, einer lange vergessenen Autorin, die ihn im Alter von nur 20 Jahren zu Papier brachte.

Die fiktive Ruth, die reale Maria, sie schreien ihre Wut heraus. Gegen die dominante, tyrannische Mutter, die verkommene Verwandtschaft, den ignoranten älteren Liebhaber, der im Roman ohne Namen bleibt, und gleichwohl – da er vor langen Jahren eine Affäre mit Ruths Mutter hatte – ihr Vater sein könnte. Alle haben sie, saturiert und träge, ohne echten Ansporn, ihr Leben vergeudet – so sieht es die Protagonistin. Sie ist Rebellin, ein Punk aus gutem Hause, wie man heute sagen könnte. »Und unter dem Bett lag, staubdick geschichtet, wehrlose Wut.«

Der Rezensent Arthur Lichtenfels bringt es auf den Punkt: »Ein starker Roman über den Kampf einer jungen Frau gegen verkrustete Wertordnungen, ... eine gekonnt inszenierte Tour de Force der Selbstbehauptung gegenüber der eigenen Familie ... das alles in einem expressionistischen Swing geschrieben, der die Sprache zum Knistern bringt und einen atemlos bis zur letzten Seite fliegen lässt ... Schade, dass es keine Fortsetzung gibt!«

Dieser Roman ist *die* Wiederentdeckung der letzten zehn Jahre, in einer berauschenden, radikalen Sprache von heute. Kaum kann man es glauben, dass dieses Werk einer Zwanzigjährigen vor rund einhundert Jahren erschienen ist.

Lesen Sie mehr über die Autorin am Anhang

DIE VERGIFTUNG

Die Tür

EINE BRAUNE HOLZTÜR, glatt, mit vielen dunklen Flecken. Eine Tür wie sie überall ist, überall ist. Eine Tür –

Nein, eine dunkle Macht, feindlich, glatt, mit vielen dunklen Flecken. Das schlägt ins Gesicht, dem ganzen Körper entgegen. Eine Schicht, eine dünne, harte Wand.

Und da verloren sich die schmiegsamen Formen ihres Leibes. Das Immerweitertasten ihrer Hände blieb stecken. Sie wurde platt zusammengedrückt zu einer Fläche, einem Ding, aus dem nur der ungeheure Schrecken herausgestiegen war und draußen stehen blieb, verwundert.

Als sie über die Treppe des Alltagshauses ging, trat sie in die Abdrücke der hundert geschäftigen Füße, die täglich hier vorüberliefen.

Wieso war sie überhaupt dahergekommen? Immer daher gekommen und nur da her, dass alles Übrige draußen liegen blieb?

Heute drang das Licht blendend durch Steine und die erstarrte Haut ihres Leibes. Von den Blättern troff es, grell und heiß, und duftete nach dem Blut aller, die auf der Straße gingen. Das Blau war zu tief, zusammengedichtet aus trotzigen Kräften.

Ach, die furchtbare Helle. Und in sie hineingelegt die Tür, mit den dunkelbraunen Flecken. Die sich niemals, aber auch niemals einschlagen lässt.

Diese Tür war schon damals gewesen, als sie so klein war, dass sie den Kopf ganz nach hinten legen musste, um die ersten Stockfenster zu sehen. War es die Tür aus dem Kinderzimmer heraus oder von der Küche in den dunklen Gang, an die sie sich nicht zu hämmern traute, als man sie einmal dort eingesperrt hatte? Die Tür, die sich nie und nie zertrümmern lässt.

Wie viel Mal schon hatte sie diese Türe geöffnet, mit Händen, die dem eigenen Sieg nicht glauben wollen. Nur ein leichter Druck auf die Klinke – und hatte doch immer den Mut gehabt, zu wissen, dass diese Tür einmal verschlossen sein muss. Jedes Mal hatte sie den einen grässlichen Moment erlebt, der heute Wahrheit geworden war – verschlossen.

Heute, es ist ja gar nicht heute. Das war schon immer, das hat sie ja schon hunderttausendmal erlebt. Tritt man nicht aus der Zeit heraus, wenn dann eine Stunde kommt, die sich einbildet, die erste zu sein. Ein Heute, das ewig ist – ein Schritt aus dem warmen Leben – vielleicht ist ihr deshalb so entsetzlich kalt. Und sie muss die Augen schließen, während das Sonnenlicht des Tages die Wimpern versengt.

Verschlossen – undurchdringlich.

Sie geht durch Straßen, wo die Nachmittagsröte die Mauern frisst. Und weiß: Der breiten Kastanie vor seinem Fenster ist heute ein Ast abgehauen worden. Blendend weiß bietet sich die Wunde der gierigen Sommersonne dar.

Sie kann nie mehr weiter tasten. Steht fest, undurchdringlich – verschlossen.

– Ich muss denken, sagte Ruth. Sie nahm den Brief, der in seine Tür geklemmt war und dachte: Ein zu kleines Kuvert. Und warum macht er dem ›R‹ bei Ruth so einen Schnörkel? Eine wütende Lust überkam sie, den Brief von sich zu werfen, irgendwohin, vielleicht in den Straßengraben. Und dann nie mehr ... Aber sie hielt ihn fest und ging so lange, bis die erste Dämmerung sich mit dem Staub der Großstadt mischte, der in die Höhe stieg, langsam, leise und unerbittlich.

Es schlug neun Uhr vom Kirchturm. Sie dachte: Mutter ist böse, wenn ich zu spät zum Abendessen komme. Und Richard macht seine verwunderten Augen. Ich will sie nicht ärgern. Aber ich bin nur so elend, wie sie gar nicht wissen, dass man sein kann.

Sie spürte den Essensgeruch der aus der Küche quoll, als die Köchin öffnete. Und war gespannt was es gäbe, während ihr die Tränen in die Augen traten, dass sie jetzt daran denken könne.

Sie sah nicht auf Mutter und Bruder, während sie schweigend würgte. Sie hörte nicht die Nörgeleien der Schwester. Sie schluckte eilig große, trockene Bissen hinunter und fragte sich nur: Was habe ich? Sie wusste es nicht mehr.

Aber als sie in ihr Zimmer trat, schrie der Spiegel seinen Namen. Und sie sah ihr Bild darin, wie sie sich den Schleier vorgebunden hatte, bevor sie weggegangen war, heute. Die Bücher auf dem Tisch, die vernachlässigt und zusammengeworfen waren, und die zerrissene Mappe atmeten seinen Duft aus. Und von dem seidengelben Lampenschirm herab träufelten in weichen Farben ihre nächtlichen Gedanken.

Sie öffnete den Brief. Und las verächtlich seine großen Lügen.

Der Spiegel schrie seinen Namen. Sie sah sich drinnen, wie sie sich den Schleier vorgebunden hatte. Wird sie so nie mehr zu ihm gehen.

Aber ja, morgen geht sie zu ihm, ganz so wie sonst. Was hat sie nur heute. Der Brief ist ja so einfach zu verstehen. Warum soll er denn nicht einmal verhindert sein, geschäftlich.

Ruth las den Brief noch einmal. Die lächerliche Schlinge des ›R‹ und die kriecherische Windung des ›L‹ in Liebe.

Er lügt. Aber das macht ja nichts, das wusste sie schon immer. Und doch – sie kann nicht mehr.

O Gott, was ist nur geschehen? Was ist mit ihr? Durch das Fenster strahlt die warme Sommernacht, wie eine Fülle leuchtender Versprechungen. Die Welt ist hell. Sie war bis jetzt nur in einer dunklen Stube. Dunkle Stühle, dunkle Flecken an der dunklen Tür. Die Welt ist hell. Ihre Glieder, ihr armer vergessener Körper schreien nach Licht. Sie kniet am Boden. Ihre Zähne beißen in die Tischkante, oh, dass sie nicht aufschluchzt.

Sie will denken. Sie weiß, dass seine Augen durch alle Mauern auf sie sehen. Aber ihre Hand sagt ›nein‹, ihr Knie schlägt in trotzigen Stößen auf die Diele.

Ihr Hirn schmerzt vor Sehnsucht nach ihm, ihre Zähne beißen in die Tischkante.

Solange sie denkt, gehört sie ihm. Aber da ist noch etwas an ihr, das nicht denkt. Das treibt, das schlägt, das stößt, das treibt sie zu ...

Er stand vor dem Spiegel mit dem zu dicken Rahmen, der alles verdüsterte und doch so hervorstach, als wolle er es nicht zugeben, dass eine eigentümliche Frechheit von dem bespritzten Glas ausging.

* * *

Er stand vor dem Spiegel und sah aufmerksam auf seine schlecht rasierten hageren Backen. Auf die etwas zigeunerhafte Locke, die über die Stirn hing. Sie war nur zu licht, um wild zu sein.

Er stand vor dem Spiegel und versuchte die Regelmäßigkeit seiner schmalen Züge zu genießen, durch die die zu weit nach hinten liegende Stirn durchfuhr, wie ein querer Strich in einer regelmäßigen Zeichnung. Seine Schultern standen zu weit nach hinten, künstlich steif. Sie wollten offen und frei erscheinen. Aber die Augen lagen tief versteckt. Die

Pupillen waren nicht in sich abgeschlossen, sie liefen über, ausstrahlend und doch wie verirrt in das Weiße des Auges.

Er stand vor dem Spiegel und der zusammengepresste Mund, mit den dunklen, schmalen Zähnen erkannte alle Schwächen der kraftlos weichen Hände, die sich auf den Rücken legten, während die Schultern sich nach hinten streckten, gewaltsam, künstlich.

Als Ruth zur Tür hereinkam, saß er vor dem Pianino und spielte eine Beethoven-Sonate. Er trat ihr entgegen mit beiden ausgestreckten Händen. - Du kommst spät, sagte er liebenswürdig spöttisch. Aber seine Augen blickten böse in eine Ecke des Zimmers.

Ruth erschrak. Wie immer legte sich der süßlich-herbe Geruch der Räume, den sie nie wo anders getroffen hatte, betäubend um ihre Stirn. Sie lachte dann: Ja, denk nur, wieso, ich bin einen verkehrten Weg gegangen.

– Du hast nicht kommen wollen, sagte er langsam und schwer.

Alles stand still. Das Zimmer stand still, jeder Stuhl, selbst die Uhr, die sonst immer zu laut schnarrte. Etwas lebte nicht mehr, es war etwas gestorben, jetzt, in dieser Minute, etwas Furchtbares war ausgesprochen worden.

Ruth dachte: Weinen können. Sie sah die hochmütigen Globen auf dem Wandregal, die alle staubig waren. Und die sattgelben Minerale auf dem unordentlichen Schreibtisch.

Er rückte ihr den Stuhl zurecht, wie immer. Immer denselben Stuhl.

– Aber was sagst du denn da? lachte Ruth. Es war ihr schlankes frohes Kinderlachen, das so seltsam hinaufkletterte über die grau verschossenen Wände, die zu hoch waren.

– Mein Kind, sagte er, mit überschlagenen Beinen und fremden Augen, ich habe dich seit drei Wochen nicht gesehen und heute kommst du zu spät.

– Du musst mir erzählen, stöhnte Ruth, alles was da war, alles was du erlebt hast, was du gearbeitet hast.

– Ruth, sagte er. Und sie hasste ihn. Spürte den Schnörkel in der Schlinge des ›R‹.

Sie sah seine weißen, kraftlosen Hände. Wusste, dass sie diese Hände niemals vermissen könne. Seine Krawatte war zerschlissen.

Eine heiße Welle stieg in ihr empor, würgte die Kehle. Aber sie war so müde. Hilf mir, sagte sie.

Vor ihr war eine große, schwere Waage. Eine Schale war voll eiserner Gewichte, schwer und kalt. Die andere leer, ganz leer und hoch oben, mutterseelenallein.

Die ganze Welt war aus dem Gleichgewicht durch diese Waage. Und durch die Disharmonie seiner Bewegungen. So wie er jetzt die Zigarre zum Munde führte.

– Du kannst mich eben nicht mehr aushalten, sagte er langsam. Nein, er wusste nichts, er konnte ihr nicht helfen.

Er erzählte ihr von seinem neuesten chemischen Experiment. Und sah sie an, als wäre sie eine schillernde Phiole.

Ihr Gehirn wollte mitarbeiten, aber wieder wehrten sich ihre Hände, ihre Knie, ihr Blut dagegen.

Die Nacht war hereingebrochen.

Du, sagte Ruth plötzlich, als er ihr seine letzten Tage schilderte, wie er sich elend in Gasthäusern herumgetrieben. Hör' auf. Ihre Stimme klang hart und hell. Sie sprang auf und nahm seine Hand. Und ein grenzenloses Mitleid, ein Schmerz, der sich selber zerbrach, lähmten ihren Atem. – Jetzt geh ich und komme nicht mehr. Deine Tür war verschlossen, letztes Mal. Sie war immer verschlossen. Lüg nicht! Vielleicht weißt du es nicht. Ach, diese Kälte herinnen. Und ich liebe dich. Hörst du mich nicht. Das ganze Zimmer hört mich ja. Die Bäume draußen hören mich. So hör mich.

– Ich höre, mein Kind, sagte er und sie stampfte mit dem Fuß, weil er mein Kind sagte.

– Du weißt, dass ich seit zwei Jahren für dich gelebt habe, fuhr sie fort und ihre Stimme überschlug sich. Aber ich sage dir, ich spüre eine Erschöpfung, eine Gefahr, ich bin zu voll von dir, ich kann dich nicht mehr ertragen. O, was tust du mit mir.

– Wohin willst du, sagte er und nahm einen Zug aus seiner Zigarre.

– Fort, schrie Ruth. Was bin ich dir? Eine Phiole mehr für deine Experimente.

– Törichtes Kind, sprach er und seine Stimme war schwarz in der lauen Nacht. Fort – du kannst nicht mehr fort. Du warst die Phiole für mein kostbarstes Experiment. In dir habe ich mich selber experimentiert.

In diesem Augenblick sah Ruth vor sich auf dem Schreibtisch ein schmales, scharf geschliffenes Messer liegen.

– Wohin willst du, fragte er und vertrat ihr den Weg zur Tür. Du Kleine, die du die ganze Last eines verbrauchten Lebens in dir trägst.

Ruth roch Blut. Oder waren das seine Chemikalien.

– Nein, sagte sie. Und ging hinaus ohne ihm die Hand zu geben.

Im Stiegenhaus brannte grellrot elektrisches Licht. Und die Straße lärmte.

Der Kleiderkasten

RUTH ERWACHTE. Durch das Fenster stieß peinigend laut Licht. Es kam von drüben, von der fahlgelben Hofmauer, zerbrochen und unverschämt schrill. Es saugte die Menschen aus ihren Betten, aus ihren Häusern, ihren Gewohnheiten. Und weil heute Sonntag war, liefen sie alle hinaus. In eine Freiheit, die zu hell war. Dass die großen grünen Blätter schon verdeckt lagen von Staub und zu viel erlebt haben. Wie das schmerzt. Und alle schreien. Irgendwo wird Bier ausgeschenkt.

Dasselbe Licht kroch über die Gegenstände ihres Zimmers, die sonst dunkel waren. Sie traten heraus aus sich selbst, aus ihrem farblosen Dasein und jede Kontur wurde scharf und kam weit hervor.

Es war nicht zum Aushalten. Ruth sprang auf. Sie ließ die Jalousie herunter und war erleichtert, als die Eisenstangen auf dem Fensterbrett aufschlugen. Dann legte sie sich wieder in das zerwühlte Bett, obendrauf, den Kopf weit nach hinten.

Vor ihr stand der Kirschholzkasten. Der liebe, lichte, gerade Kirschholzkasten.

Tisch und Stühle und vor allem das dunkle Bücherbrett trugen noch sein Gepräge. Sie waren immer nur dagewesen, um zu warten, dass sie zu ihm gehe. Und wenn sie wieder kam, waren sie voll Warten für das nächste Mal. Und nur voll Warten.

Aber der lichte Kirschholzkasten war schon früher dagewesen. Sie sah starr auf ihn mit halbgeschlossenen Lidern. Um die anderen nicht zu sehen.

Der Kasten hatte etwas vom lieben Gott. Ganz bestimmt. Von dem lieben Gott, vor dem man die Hände faltet, um zu ihm zu beten. Der einen weißen Bart hat. Und man braucht nur brav zu sein und es kann einem gar nichts geschehen. Er schmeckt nach Zuckerlämmchen, die zu Ostern verkauft werden. Und auch ein bisschen verstaubt.

Dieser liebe, breitlinige Kasten war einmal groß, so groß, dass man nicht bis zum Schlüssel reichen konnte. Und alles war darin, was man nur brauchte.

Ruth bäumte sich auf. Der liebe Gott war tot. In dem lichten Kirschholzkasten hing eine Menge dunkler Stoffe. Die rochen alle ein wenig nach fremden Chemikalien, süßlich herb. Stundenlang war sie gesessen, den Kopf in diesen Kleidern vergraben, um den geheimnisvollen Duft einzusaugen. Nein, sie wird den Kasten nie mehr aufsperren können.

Sie betrachtete misstrauisch ihre braunen Kinderhände. Mit den kurzen Fingern, die noch niemals etwas sein wollten und noch niemals etwas festgehalten hatten, immer nur alles fragend betastet. Rochen sie nicht in ihrem Innern, ganz drinnen in der Handfläche, aus den Poren heraus nach ihm? Sie dachte an das Versinken in seinen großen, zu weißen Händen und ihr wurde übel. Ihre widerspenstig flockigen Haare rochen ja auch nach dort – ist sie denn ganz von ihm durchzogen, vergiftet –

Sie wird ein Bad nehmen. Und sich die Haare waschen mit sehr viel Seife. Das wird nützen. Und die Möbel heute gut abstauben, mit einem neuen Staubtuch.

O Gott, wenn sie nicht auf den Kasten sieht, sieht sie überall ihn, nein, nicht ihn und auch nicht seine Augen, nur seinen Blick. Der dunkel ist und wie ein Band sich um ihre Glieder legt. Den sie nicht versteht und nie verstanden hat, weil er aus einem Land kommt, das sie nicht kennt. Dessen Unkörperlichkeit sie verzweifeln ließ und dem sie nun entflieht, von heute an.

Es ist merkwürdig, dachte Ruth, dass ich die ganze Nacht geschlafen habe. Es ist überhaupt merkwürdig, dass man bei einem großen Unglück doch ganz bleibt, wie sonst. Nur alles andere wird anders.

Und wieder sieht sie auf den hellen freundlichen Kasten. Und vergleicht ihn mit dem lieben Gott. Sie möchte die Hände falten, ganz wie damals. Und kann es nicht mehr. Und fürchtet sich, ganz wie damals.

Denn da ist sie wieder, die alte Kinderangst, über die sie schon hinweggegangen zu sein glaubte mit hochmütig erwachsenem Schritt. Die Angst, die die Nacht fürchtet und die blasse Frühlingsdämmerung. Die sich krümmt unter der Eintönigkeit des Mittags. Die Angst, die auf der

Schulbank hockt neben dem patzenschwarzen Tintenfass, den strengen Scheitel der Lehrerin streift, die nach zerkauten Federstielen schmeckt und liniertem Papier, die Angst, die aufschreit in einsamen Nächten und keinen Ausweg findet durch den fest verschlossenen Mund. Die von Leichenzügen träumt und alle Pest und Hungersnot der Jugendbüchereien durchlebt hat.

Wer ist sie heute? Was war sie seit der Zeit, als sie in kurzen Röcken über die Gassen lief und das Zopfband verlor? Ist sie bestohlen, beraubt?

Nein, Ruth wusste es, sie war misshandelt worden. Eine zarte Hülle blieb übrig, die leben wollte. Und was war in ihr? Was roch wie die lebendig gewordene Wissenschaft? Was klebte an ihren Händen, in ihren Haaren, in ihren Kleidern? Was füllte den lieben, alten Kasten?

Da wird sie sich einer furchtbaren Gefahr bewusst: Leer werden. Leer – was heißt das, was ist das? Leer – das sind die Augen in Totenschädeln.

Sie will nach der goldenen Fülle greifen. Und das Licht kann nicht herein und dahinter steht das Nichts, das Leere.

Leer – das heißt ihn verlieren, ihn verloren haben. Und die Wucht seiner Schmerzen, die Qualen seiner Einsamkeit.

Hoch aufgerichtet steht sie vor dem Bett. Sie sieht an sich herunter. Bis zu den schlanken, braunen Knöcheln. Und hasst sich.

Leer – das ist das Stück vom Fenster hinab bis zu dem harten Pflaster. Worauf die Menschen ihren grünen Schleim spucken und das die Hunde beschmutzen.

Frei sein und leer sein und weniger als elend sein –

– Fräulein Ruth sollen zum Frühstück kommen. – Ruth sah das große überkräftige Stubenmädchen mit der hohen vergnügten Stimme. Und wusste: heute Abend geht sie aus, da wartet einer unten auf sie, vielleicht der vom letzten Mal oder auch ein anderer.

– Ruth, rief die Mutter aus dem Nebenzimmer. – Ich komme, antwortete sie mit einer Stimme, die voll Musik und Jubel war.

Mutter stand in der Sonne. Und Mutter war lebendigstes Gewesensein.

* * *

Mutter ging alle Morgen nachsehen, ob das Mädchen gut aufgeräumt habe. Sie ließ keinen Stuhl so stehen, wie diese ihn gestellt hatte. Mutter wollte ein eigenes Haus haben, wie sie sagte.

Ob dieses Haus besser war, als alle anderen, ist nicht bestimmt. Aber dass es anders war als alle anderen, dass es ihr eigen war und nur durchtränkt von der kindhaften Unruhe ihrer zu langen Finger, die niemals jung gewesen sein konnten, dass ihr Haus fremd und versperrt war allen, die nicht ihres Blutes waren, das hatte sie erreicht. Und Ruth empfand es mit einem Stolz, der sich selbst nicht anerkennen will.

Mutter küsste Ruth, wie man ein Stück Eigentum küsst oder ein Stück von sich selbst. Und Ruth fühlte die Schmerzen der vergangenen Nacht ganz klein werden und wollte weinen.

Mutter frühstückte nicht mit. Sie war nie imstande eine Mahlzeit durch sitzen zu bleiben. Sie musste immer rasch noch etwas anderes tun.

Mutter war groß. Aber nicht groß genug für das, was sie der Welt zeigen wollte. Deshalb schien sie fast klein.

Und auch ihre Wohnung war groß. Aber zu klein, um sich vor allen zurückziehen zu können. Denn das wollte sie. Deshalb waren die hohen Räume eng und drückend.

Als Ruth mit dem schmalen, silbernen Brotmesser das Brot schnitt, empfand sie einen seltsamen Besitzerstolz und dachte: zuhause sein.

Sie hatte keinen anderen Wunsch, als Mutters Kleid zwischen beide Hände fassen zu können, ganz, ganz fest. Wie gut war es, dass Mutter immer so alte Kleider trug. Und schon wollte sie aufspringen und Mutter alles sagen –

Da kam Richard herein. Nein, sie konnte nicht. Richard war zu klug. Und Richard war Mutters Sohn. Von so etwas konnte sie nie zu Mutter sprechen.

Und Martha war Mutters Tochter. Martha war hässlich und verbittert. Wenn sie die Tür aufmachte, war das Zimmer voll Lärm. Da konnte Ruth von so etwas doch nie zu Mutter sprechen.

Ruth wusste nicht, dass Mutters Leben nur Enttäuschung war, die nicht eingestanden werden durfte. Und dass Mutter so grenzenlos arm war, weil sie nie den Mut gehabt hatte, das zu erkennen.

Mutter war so klug, dass sie die Dinge nicht wirklich sah, sondern in Karikatur auf dem Hintergrund ihrer Wünsche und Vorurteile. Aber sie sah sie alle bis auf eines: Das war sie selbst. Sie wusste so wenig von ihrer eigenen Existenz wie ein ganz kleines Kind. Und ahnte nicht, dass sie selber auch etwas beigetragen habe in der Symphonie der Ereignisse, die ihr enges, tiefes Dasein bildeten.

In ihrer Jugend hatte sie nur eines gekannt: Die Pose. Die Verwandten und Freunde, ja selbst der Kutscher ihres väterlichen Hauses sprachen mit Handbewegungen, wie Schauspieler in ihren Rollen. Das hatten sie von ihrem Vater gelernt. Dessen ganzes Leben ein großer Faltenwurf war. Hinter dem steckte nichts als Jagd und Rausch und etwas Verwesung. Aber ihre Mutter war träge.

Sie hatte nie den Mann gefunden, den sie lieben konnte. Das wäre auch nicht so nötig gewesen, nur hätte sie sich Zeit nehmen sollen, ihn zu suchen. Denn nur dann hätte sie sich entwickeln können.

Aber sie zerschnitt sich alle Möglichkeit weiterzukommen, indem sie in früher Jugend einen Mann heiratete, der vielleicht ein Heiliger geworden wäre, wenn sie ihn unter Menschen gelassen hätte. Denn er liebte die Welt mit der zarten, naiven Freude junger Knaben, die an einem Frühlingstag ein blühendes Tal durchstreifen. Aber sie hielt ihn als Eigentum, wie ihr Vater Pferde und Bediente gehalten hatte. Sie sperrte ihn ein in Räume, die von ihren Atemzügen übersättigt waren. Dass seine weiche Menschlichkeit zur Seite treten musste und sein säurenscharfer Verstand allein ihn beherrschte. Er rechnete Tage und Monate und Jahre. Als seine große Erfindung fast fertig war, starb er. Aber noch eine Stunde vor seinem Tod erzählte er das Märchen vom Schneewittchen. Denn er hatte immer Königstöchter geliebt, die eigentlich kleine Mädchen waren und in rote Äpfel bissen. Die ein bisschen Puppentheater an sich hatten.

Ruth hatte Vater gegenüber ein schlechtes Gewissen. Weil Mutter alles war, weil Mutters große, vielgliedrige Hände auf ihren Augen gelegen waren, wenn sie zu Vaters Schreibtisch sehen wollte.

Als sie noch ganz klein war, hatte er sie einmal in eine Konditorei geführt. Es war ein schneidend kalter Wintertag und ein elendes Geschäftchen in der Vorstadt. Dort kaufte er Bonbons, einen großen Sack voll großer, dicker, gelber, malziger Bonbons. Und gab sie ihr mit dem vergessen gütigen Lächeln, mit dem Christus das Brot an die Zehntausenden verteilt. Da wurde sie traurig. Am Abend saß er an seinem Schreibtisch und Mutter schalt mit der Köchin. Ruth ging in das dunkle Vorzimmer, steckte den Kopf in seinen Winterrock und küsste, küsste das weiche, kalte Tuch. Später sagte Richard: – Gib mir davon. – Sie hielt den Sack fest zu. – Du bist geizig, sagte Richard. – Gib! – Sie presste den Sack an sich. Da schlug er sie. Sie weinte. Er zerriss das Papier. Aber sie kämpfte um jedes einzelne Bonbon. Und legte alle unter ihren Kopfpolster. So war Vater. Aber Richard konnte das nie verstehen. Und sie hatte viel Respekt vor Richard. Fast noch mehr als vor Mutter.

Am Abend sagte Mutter: – Warum bist du noch nicht angezogen. In einer Stunde müssen wir im Theater sein.

Ruth dachte an den Kleiderkasten. An den dunklen Duft, der aus ihm herausströmen soll. Und sie empfindet das dunkle Band, das von weither kommt und sich um alle ihre Glieder legt, schmiegt, sich einschneidet in die furchtsame Haut.

Und sie weiß, wenn sie das blaue Seidenkleid anzieht, ist sie morgen wieder bei ihm.

– Ich gehe nicht ins Theater, antwortete sie. Und blieb allein in der Wohnung. Da geht sie aus, sich zu suchen. Sie schleicht, sie kriecht fast durch die Zimmer. Sie betastet die Stühle mit den verbogenen Füßen, die überflüssigen Vasen, den Samt der Vorhänge. Überall war Mutter. Und noch Richards Bücher. Und ein paar gestopfte Handschuhe von Martha. Aber Ruth war nirgends.

Da überfiel sie eine Qual, die sie zu Boden schlug, sich wie ein Strick um ihren Hals legte und würgte ...

Mutter kam von ›Lohengrin‹ und war entzückt, wie immer. Sie liebte derbe Romantik und laute Musik. Dann sang sie den Hochzeitsmarsch mit ihrer kräftigen Stimme. Ruth sah sie an wie eine Fremde.

Richard war zufrieden, wie nach einer gut überstandenen Prüfung. Und Martha jammerte, dass ihr Schal ein Loch bekommen hatte. Ruth war nur ganz verwundert.

Aber dann setzte sie sich auf Mutters Bett, tief hinein. Sie starrte in das schläfrige Weiß des Linnens und wünschte sich klein zu sein und Fieber zu haben.

Mutter sagte: – Aber jetzt geh schlafen. Und warum bist du heute so blass? Was hast du denn? Geh nur schlafen und gib mir noch vorher meinen Roman.

Richard meinte gähnend: – Möchte nur wissen, warum du deinen Sitz hast verfallen lassen. So was Dummes.

Ruth wusste nur: – Wenn ich den Kasten aufmachen muss, werde ich wahnsinnig. Da ist ein Abgrund drinnen, der stürzt über mich, der erdrückt mich durch seine Leere. Und dann wissen sie alles. Oh, die

Schande. Dann bin ich ausgezogen. Nackt vor allen. Auf der Straße. Mein Körper ist voll eiternder Wunden, oh, die Schande.

Der liebe, lichte Kirschholzkasten stand glatt in ihrem dunklen Zimmer.

Nach zwei Tagen sagte das Stubenmädchen: – Wenn Fräulein Ruth nicht den Kasten aufmachen, kann ich den grauen Mantel nicht zum Putzen tragen.

Die Schande.

Und Mutter sagte: – Wenn du den Schlüssel verloren hast, lasse ich den Schlosser holen.

Die Schande.

Sie weinte heraus: – Ich will nicht.

– Ich glaube wirklich, du bist krank, meinte Mutter.

Aber Richard rief aus dem Nebenzimmer: – Geh, mach dich nur nicht interessant.

Oh, die entsetzliche Schande.

Und sie wird sich zwingen lassen.

Was tut sie nur den ganzen Tag. Sie geht herum und erklärt es ihm, ihm, zu dem sie nie mehr kommen wird. Sie macht ihm alles begreiflich, er versteht es, er weiß es, er weiß ja alles. Wie kommt es nur, dass er ihr so ähnlich ist. Oder sie ihm –

Sie nimmt zum zehnten Mal ein neues Staubtuch und wischt alle Möbel ihres Zimmers ab. Damit sein Duft doch endlich weggehe. Und wäscht sich dann die Hände mit kochend heißem Wasser.

Am nächsten Abend sagte die Mutter: – Wenn du dir morgen nicht ein anderes Kleid anziehst und den Kasten aufsperrst, so hol ich den Schlosser. Also überleg es dir.

Ruth stand an ihrem Fenster und sah in die schmutzig-laue Sommernacht hinunter und fühlte: Warum kann Mutter, die den Lohengrin so gern hat, die so nobel ist, wenn Gäste kommen, so zu mir sein? Warum stehe ich hier und schau auf eine staubige Straße, wo doch draußen die vielen Felder sind mit den endlosen Schienen – in die Ferne gleiten – und warum –

– Ich muss jetzt Bett machen, sagte das Stubenmädchen und zündete das grelle elektrische Licht an. Ruth sah auf sie. Auf ihre kräftigen Arme, die fast aus der Bluse quollen, ihre übermütig starken Hüften, ihre brennend heißen Wangen. – Hören sie, Agnes, sagte sie heiser und ging ganz nahe zu ihr ... Sie waren jetzt unten, da beim Haustor und er war dabei, o bitte, sagen Sie nicht nein, ich habe Sie ja gesehen ... Nein, Sie müssen nicht schreien, aber sagen Sie mir doch bitte, war es derselbe, mit dem ich Ihnen begegnet bin, damals, Sie wissen schon, wie ich im Konzert war, aber so sagen Sie doch. – Nein, sagte Agnes, mehr verblüfft als verlegen. – Aber eines, Agnes, müssen Sie mir noch sagen. War es schön, unten jetzt, meine ich, war das schön – Oh Gott, sagte Agnes, nein, das ist nichts für Sie, Fräulein. – Hören Sie, Agnes, und Ruth kämpfte mit ihrem Atem, Sie haben so starke Arme. Agnes, liebe Agnes, ich habe meinen Kastenschlüssel verloren. Mama ist sehr böse. Nehmen Sie das Küchenmesser, das große, und machen Sie mir den Kasten auf, nicht wahr, Sie tun es. Aber leise, ich geh einstweilen in das Speisezimmer. Und kein Wort davon, Agnes, Sie verstehen. Die Kleider hängen Sie über Nacht ins Vorzimmer, aber es darf niemand davon wissen, und zeitlich früh wieder herein, o ja, Agnes, Sie verstehen, sie tun es gleich –

– Ich verstehe schon, Fräulein Ruth, sagte Agnes mit blödem Lachen.

Die Mutter

ICH LIEBE MUTTER, dachte Ruth. Kein Mensch weiß, wie groß sie ist und stolz. Es ist schade, dass das niemand weiß. Aber ich kann es ja auch nicht vertragen, dass sie die Türen zuwirft und durch die Zimmer läuft. Dass sie mit dem Mädchen schreit.

Sie flüchtete in Gärten. In kleine, engbrüstige Vorstadtgärten mit zerrauften Büschen und wackligen Bänken. Mit großen Sandhaufen voll schmutziger Kinder.

Sie ging hin, weil sie dort noch niemals, niemals gewesen war. Und saß brutheiße Sommernachmittage durch und versuchte nur an Mutter zu denken und ihn zu vergessen.

Denn noch immer verfolgte sie sein Blick wie ein dunkles Band, das so weich war, wie das Innere seiner Hand, sodass man nichts wünscht, als sich hineinlegen zu können und nichts mehr weiß von Steinen und Bergen. Wie im Sand vor dem Meer.

Als sie einmal so saß, den Kopf in den Händen, mitten unter Proletarierfrauen und Ladenmädchen, setzte sich jemand ganz nahe neben sie. Sie fühlte nur immer den Blick, das Band, wie es sich um ihre Stirne legte und alle Nerven, den Rücken hinunter strich. Jemand sagte zu ihr: –

Fräulein, gestatten, dass ich mich zu Ihnen setze. Neben ihr war ein *Commis voyageur*[1] mit aufgewirbelten Schnurrbartspitzchen und rot geblümter Krawatte. Noch empfand sie den weichen Abgrund, der zu tief war, um zu duften und sah sich doch hier unter kleinen Leuten, im kleinen täglichen Leben, rundherum der graue Spielsand. Sie lachte ihrem Nachbarn ins Gesicht, laut und plötzlich, dass er zurückfuhr. Dann ging sie. Hinter ihr schimpften die Proletarierfrauen.

Sie musste immer von zuhause weggehen. Denn, wenn sie zuhause war, liebte sie Mutter nicht und das war doch schon ganz unmöglich.

Mutter sagte zu Richard: – Man sollte doch sehen, wo das Kind sich herumtreibt. Sonst dachte sie nicht weiter an Ruth. Nur in der Nacht wachte sie manchmal auf und wurde unruhig. Sie meinte, das käme von ihren angegriffenen Nerven und nahm Schlafpulver.

Dass etwas ihr Fremdes in Ruth vorging, wusste sie. Soweit sie überhaupt wissen konnte, was sie nicht wissen wollte. Und sie wollte nichts wissen, was sie nicht seit ihrem zwölften Jahr kannte und besaß. Das beleidigte sie schon durch seine bloße Existenz.

Für sie war Ruth das Kind. Das etwas verträumte Kind, das sie unbedingt liebte, weil es ihr Kind war, das sie bemitleidete, weil es das Kind ihres Mannes war. Und das sie deshalb schützen zu müssen glaubte.

Solange Ruth klein war, sagte sie mit Stolz zu allen Verwandten: – Das Kind wird ganz wie ich. Und Ruth war fast ebenso angesehen im Hause wie Richard. Aber mit zehn Jahren enttäuschte sie ihre Mutter zum ersten Mal. Von da an immer wieder.

Sie ging mit Mutter an einem nasskalten Novembertag durch die Stadt, Einkäufe machen. Sie war traurig, weil alle Leute in den Geschäften unfreundlich waren, die Herren dicke Tröpfchen im Bart hatten und die Damen in zu kleinen Schuhen gingen, die sicher weh taten. Weil sie eine erfrorene Nase hatte und einen hässlichen Hut. Deshalb dachte sie an ein Schloss im Hochsommer und zerbrach sich den Kopf, wie sie dort Rosensträucher und Marmorbrunnen verteilen sollte. Da kam ein Bettler. Er war so wie alle anderen Bettler auf der Welt. Dieselbe verkrüppelte Demut, die Geschäfte macht und ihre Krücken schwingt. Schamloses Elend. Mutter sagte: – Gib ihm zwei Kreuzer. – Nein, erwiderte das Kind, ich mag nicht. – Was, rief die

---

[1] *Commis voyageur (franz.):* Handlungsreisender, Vertreter

Mutter entsetzt, warum? Oh, du bist schlecht. – Ja, sagte sie, ich bin nicht gut, ich kann alle Bettler nicht leiden.

Damals war Mutter sehr böse. Und Ruth sagte zuhause: – Wenn ich alle Bettler wirklich gern hätte, müssten sie zu mir kommen, aber ganz. Und ich möchte ihnen nie Kreuzer schenken, aber ich mag sie gar nicht. – Da schlug Mutter sie und Richard und Martha waren voll Verachtung.

Denn man musste gut sein zuhause. Das war wie ein Dogma. Richard schenkte jedem Bettler etwas und Martha nähte Puppenkleider für Armeleute-Kinder.

Als Ruth zwölf Jahre alt war, sagte sie lächelnd zu ihren Freundinnen: – Natürlich sind wir Juden, aber schon lang getauft, doch das macht nichts aus.

Als sie vierzehn Jahre alt war, erklärte sie: – Unsere Möbel sind hässlich. – Ich lüge oft, nicht gern aber doch oft. – Wenn ich ganz arm wäre, würde ich sicher einbrechen.

Da wusste man in der Familie: das Kind ist dumm. Man muss sie zum Schweigen bringen, sonst macht es nichts.

Und Ruth glaubte, dass sie dumm sei. Nur kränkte es sie gar nicht. Sie konnte einfach nie auf die Idee kommen, anders sein zu wollen, als sie war. Höchstens, dass sie sich wünschte, strähnenglatte blonde Haare zu haben und eine griechische Nase.

Hier aber war die erste große Spaltung zwischen ihr und Mutter. Denn Mutter fühlte zu genau, wie sehr Ruth ihr Kind war, um diese Aufrichtigkeit zu gestatten. Sie empfand es als eine Verletzung.

Ruth sagte einmal auf jemanden: Den liebe ich, den möchte ich auf der Stelle heiraten. Ich glaube wirklich, ich könnte mich wahnsinnig in ihn verlieben. – Aber schämst du dich nicht, rief die Mutter.

Mutter schämte sich immer. Weil sie einen so unmäßigen Stolz in sich trug. Was dieser Stolz wollte, wusste sie eigentlich selbst nicht, er hatte etwas Sinn- und Zweckloses. Er erinnerte an die hohen Zimmer, die man in den Achtzigerjahren baute, deren Größe etwas Leeres und Zugiges an sich hat. Und die nie auszufüllen sind, weil die Kostbarkeiten, nach denen sie verlangen, gar nicht aufgetrieben werden können.

Das, was Mutter wollte, existierte nicht. Und deshalb war sie arm geblieben in der Fülle ihrer zügellos reichen Empfindungen.

Wenn Ruth in der Nacht sich im Bett aufrichtete und sie war plötzlich ganz wer anderer als am Tag, sodass sie ihre eigenen Bewegungen mit süßem Mitleid und verborgener Zärtlichkeit beobachtete, dann war es genau so, wie wenn sie Mutter beim Schreibtisch sitzen sah, mit einer Unzahl Rechnungen, bei denen sie sich fortwährend irrte und die sie doch so genau nahm. Oder wie wenn sie einem nackten Säugling zuschaute, wie er sinnlos mit den winzigen Füßen in die Luft strampelt.

Mutters Reserve der Menschheit gegenüber war nur etwas rein Gedankliches, äußerlich war sie allen vollkommen ausgeliefert. Ihre Haare steckten immer schief. Der Mund war zu voll. Die Unterlippe hing herunter. Das war aber nicht notwendig. Es war nur, weil Mutter eben so gar nicht verstand, in den Spiegel zu schauen.

Ihre dunkelsehnigen Arme hätten Erdarbeit leisten sollen. Ihr kräftiger Körper brauchte Bergluft. Sodass er fast hinfällig scheinen konnte in den Zimmern der Großstadt.

Mutter hatte sich nicht erziehen können und deshalb ihre eigenen Kinder nicht, weil die ihr zu ähnlich waren. Aber sie hatte einen jüngeren Bruder, der weich und bildsamer war als Lehm. Er war Musiker, er war Dichter, er war Maler. Und endigte als Zeichenlehrer in einer Mittelschule. Sie hatte ihm zu viel geholfen.

Ihre eigenen Talente hatte Mutter verschleudert. In ihrer Jugend war sie die wildeste Tänzerin der Stadt. Und trug doch immer abgetretene Schuhe.

Onkel Gustav wuchsen die Haare zu lang in den Nacken. Nur ein ganz klein wenig, sodass man es bei anderen Menschen gar nicht bemerkt hätte. Aber bei ihm schien es viel zu viel zu sein. Er wurde in der Familie verlacht und als Narr behandelt. Und lächelte dann demütig. Ruth ging an ihm vorbei. Sie konnte Bettler nicht leiden.

Mutters Kommode war das interessanteste Stück im ganzen Haus. Zweimal im Jahr wurde sie ›groß‹ aufgeräumt. Kein Mensch durfte ins Zimmer kommen, nur Gustav und Ruth waren zur Hilfe kommandiert. Weil Gustav so schön die einzelnen Päckchen einwickeln und mit Spagat[2] zusammenbinden konnte. Und weil Ruth es lieber tat, als ins Theater gehen. Der dumpfe Lavendel-Geruch erweckte in ihr eine müde Erinnerung an Geheimnisse, die sie einmal gekannt hatte, aber nun nie und nimmermehr erfahren durfte.

---

[2] *Spagat:* altsprachlich für: Schnur, Bindfaden

An einem langweiligen Sonntagnachmittag mit Regentropfen rief die Mutter Gustav und Ruth zum großen Aufräumen. Ruth kam widerwillig, sie hatte sich stumpf geschlafen und eine fade Sattheit klebte in ihren Haaren, die heute gar nicht unternehmungslustig um die Stirn herumstanden, sondern schläfrig nach hinten lagen. Als Mutter die großen Schubladen aufzog, mit ihren zu hastigen, etwas blinden Bewegungen, bekam Ruth einen dumpfen Druck in den Kopf von starkem Lavendel-Geruch und wie im Zorn sagte sie: – Alt. Gustav sah verwundert auf. Er hatte die Hemdärmeln aufgestreift und seine kleine, gedrungene Gestalt, die gerne dick sein wollte, aber nie dazu kam, weil er ja immer hungerte, war auf dem Sprung, Mutters Wünsche zu erfüllen. Er knüpfte alle die braunen, grauen, gelben, weißen Päckchen auf und schichtete ihren Inhalt sorgfältig auf dem Boden hin. Ruth rührte sich nicht und sagte plötzlich zu Mutter: – Ich möchte Seidenpapier kaufen, weißes und einfärbige Bänder. Nicht so in irgendein Papier und Spagat. – Was fällt dir ein, das wäre viel zu teuer. –

Ruth verstand das nicht. Sie legte sich auf einen Teppich und wühlte wie sonst in alten Photographien hochschöpfiger Damen und befrackter Herren mit Zylindern. In Wickelkind-Bildern, wo alle immer in der gleichen Weise auf dem Bauch liegen. Es langweilte sie.

Gustav pfiff. Er pfiff wunderschön.

Ruth durchstöberte Briefe, die wie gestochen aussahen auf vergilbtem Papier. Sie suchte etwas. Sie suchte etwas, um aus der grässlichen Leere des Sonntagnachmittags herauszukommen. Und weil es doch ganz und gar unmöglich war, dass die geliebte, geheimnisvolle Kommode nichts anderes barg als dieses öde Zeug. Nein, bestimmt nicht. Nicht einmal die Schäferinnenspieluhr kam ihr sehenswert vor oder das Stammbuch der Urgroßmutter.

Mutter zeigte ihnen einen Liebesbrief, den sie bekommen hatte, als sie sechzehn Jahre alt war. Es war der Brief eines überspannten Gymnasiasten und schloss mit Selbstmordgedanken. Mutter war sehr stolz darauf. Aber Ruth fand ihn so überflüssig aufzuheben, wie Großvaters Brautbriefe an Großmutter. Sie wurde zornig. Und sie bekam Angst.

Denn da war noch mehr in dieser Kommode. Mutter log. Sie, Ruth, wusste es. Da drinnen lag ein zerbrochenes Schicksal, ein Ruin, ein Kampf gegen den Irrsinn. Mit dunklen Blicken sah Ruth auf den grauen Scheitel der Mutter, wie sie eben vor ihr kniete. Sie fühlte ein kaltes, entsetzliches Alter in ihren jungen Händen, das alles wusste, das man nicht mehr täuschen konnte. Und ihr Mund war greisenhaft erbittert.

Mutter staubte soeben eine graue Pappschachtel ab, die mit einem goldenen Bändchen zusammengebunden war, als das Dienstmädchen sie rief. – Das lass stehen, sagte sie zu Ruth und ging hinaus. Ruth warf sich auf die Schachtel. Gustav kehrte ihr den Rücken zu. Sie streifte das Band los, schob den Deckel weg, seine Schrift – und der große Schnörkel bei ›Liebe‹. Eine dunkle Tür tat sich auf. Sie bekam einen brennenden Schlag auf die Hand. Und da wurde es licht, schreiend licht, grell, schmerzhaft ...

Mutter schrie etwas, das sie nicht verstehen konnte. Und nahm die Briefe und ging hinaus, wutentstellt.

– Onkel Gustav, sagte Ruth ruhig und ernst und totenblass. Von wem waren diese Briefe?

Gustav zitterte am ganzen Leib: – Warum machst du solche Sachen, wenn Mutter es verbietet. Von wem die Briefe sind. Ich weiß es wirklich nicht, wirklich nicht.

– Onkel Gustav, wiederholte Ruth und trat ganz nahe zu ihm hin. Du weißt das alles. Aber wenn du es nicht sagen willst, wenn du dich nicht traust, so werde ich es sagen: in diesen Menschen war Mutter verliebt.

Ihre Stimme klang wie höhnende Beleidigung in dem dämmernden Zimmer. Die Worte fielen abgehackt in das Dunkle und Mutters Rechenbücher lagen auf dem Schreibtisch im hintersten Winkel.

– Danach habe ich dich nicht fragen wollen. Aber eines musst du mir sagen, wann war es, du? – und sie kniete neben ihm und krallte die Finger ein in seinen willenlosen Arm – wann? war ich damals schon groß, wie alt, ein kleines Kind? sag, du musst!

– Du warst ganz klein, eben zur Welt gekommen.

Ruth sah vor sich einen Horizont, der in gerader Richtung in die Höhe steigt. Wo es nicht rechts gibt, nicht links, nur das Oben. Und das Oben, der Blick, das Band, das glatte, weiche Band.

– Weiter, sagte sie hart – und früher?

– Er sagte dein Schicksal voraus aus den Sternen, erzählte Gustav, der ins Schwätzen kam, – als Mutter dich erwartete. Deshalb ist er auch so viel zu euch gekommen.

Ruth empfand in sich eine graue, steinschwere Halle, die sich selbst erdrücken wollte und nur getragen wurde durch ihre entsetzliche, hohe

Leere. Wo verschnörkelte Stühle an den Wänden standen, ganz vereinzelt und wo etwas von ihr war, ein Hauch, ehe sie selbst noch war, und wo er war, voll und ganz, nur dass man ihn nicht sehen konnte. Diese Halle, die sie aus den frühen, angstvollen Dämmerstunden kannte.

– Wann ging er weg, fragte sie kurz. – Bald darauf. Er nahm ein Teil von der Erfindung deines Vaters und verwendete sie für seine Zwecke. Er hat viel damit erreicht. Aber natürlich wollte ihn dein Vater nicht mehr sehen. Er ist übrigens von selbst nicht gekommen und –

– Schweig, unterbrach sie ihn. Sie fühlte sich umgeben von lauter schwarzen, weichen Bändern und Spagat-Schnüren, die alle ineinander übergingen. Fesseln, Fesseln.

Und aus ungeheurer Tiefe heraus quillt dunkel empor eine formlose Masse. Die sie nicht modeln darf.

Sie ist machtlos.

– Ruth, bat Gustav erschrocken, wenn Mutter davon erfährt. Nein, das tust du mir nicht an. Nicht wahr, gewiss nicht. Überdies, das was du von verliebt sagst, ist natürlich dummes Zeug. Mutter war sehr gekränkt. Er war doch ein Freund von ihr. Auch von deinem Vater. Und er war jünger als sie. Und überhaupt, deine Mutter war nie verliebt, überhaupt nicht. Wie du nur so etwas sagen kannst. Du bist wirklich ein Fratz –

– Und du ein Esel. – Glühende Zornestränen standen in ihren Augen.

Sie trat an das Fenster. Unten wurden die ersten Gaslaternen angezündet. Sie stöhnte: was kann ich Mutter geben, was kann ich ihr schenken, alles schenken, meiner lieben, armen Mutter, Mutter, Mutter –

Zum Abendessen kam Mutter mit verweinten Augen. Ruths Hände wurden eiskalt. Und eine harte Wut überkam sie. Sie hasste alle Weinenden. Nie konnte Mutter ihr das zeigen. Nein, pfui, das war eine Schande, nein.

– Was hast du Mutter wieder geärgert, zankte Richard über den Tisch hinüber.

– O nichts, erwiderte sie achselzuckend. Wenn Mama so empfindlich ist – ich kann nichts dafür.

Sie ging in den nächsten Tagen, in den nächsten Monaten an ihrer Mutter vorbei, ohne sie zu sehen. Aber in den Nächten erlebte sie alle ihre Schmerzen hundertfach wieder. Sie vergaß die eigene Sehnsucht vor der Sehnsucht, an der Mutter litt, die eigenen Qualen vor Mutters Qualen und ihren großen Zorn vor Mutters unsäglichem Schmerz, der ja so nicht zum Ausdenken furchtbar sein musste, weil er nicht wagte sich zu erkennen, sich einzugestehen, weil Mutter täglich über den Rechenbüchern saß und die Liebe zu ihren Kindern für ihren einzig würdigen Lebenstrieb erklärte. Und der doch so an der Oberfläche war, dass Mutter es sie sehen ließ, als sie weinte. Nein, deshalb musste sie Mutter bei Tag ausweichen. Und wieder in die kleinen Vorstadtgärten fliehen.

Zuhause aber wurde sie unerträglich.

Als Mutter einmal einem Gast bei Tisch eine glänzende Schilderung Großvaters gab, der ein Kavalier war vom Scheitel bis zur Sohle, nur von Geld habe er freilich wenig verstanden, warf Ruth ein: – er muss ein roher, betrunkener Mensch gewesen sein. Dass er seine Bedienten geprügelt hat, finde ich ekelhaft und ich ärgere mich noch heute darüber, dass er das ganze Vermögen verspielt hat. Es ist doch grässlich unintelligent, wenn einem fremde Pferde mehr wert sind als die eigenen Kinder.

Und Ruth sagte, wenn Mutter Hexenglauben und Wahrsagerwesen als Schwindel und Unsinn verdammte: – Ich glaube bestimmt an alles Übernatürliche – obwohl sie überhaupt nichts glaubte und ihr Leben nahm, wie der Tag es hinstreute, mit einem Grauen, das zu tief war, um über sich selber nachzudenken.

Und Ruth sagte: – Ich gehe in die Kirche, nicht weil ich muss, sondern damit die Leute sehen, dass wir auch Christen sind. – Dabei ging sie überhaupt nie zur Kirche.

In diesen Tagen konnte sie nichts essen als altes Brot und harte, unzerbeißbare Dinge, an denen sie sich die Kiefer wund riss. Ein fortwährendes Übelsein drückte ihr den Magen leer. Und die große Bosheit, die in ihr war, würgte die Kehle, zerfraß die Haut und zehrte an den braunen Kinderhänden.

Sie wusste nicht, ob diese Bosheit etwas ihr eigenes war. Oder ob sie sie mitgebracht hatte aus dem Zimmer mit der braunen Holztür. Oder ob es die Bosheit des Schicksals war, das sie zwang, Sprachrohr zu sein für ein unterdrücktes Leben, unterdrückte Sehnsucht und unterdrückte Kraft. Nur Sprachrohr oder war noch etwas in ihr, das ihr die Augen offen hielt mit großen, weichen, weißen Händen. Dass sie nicht einmal blinzeln konnte und nur die heißen Tränen brennen fühlte.

Sie ließ von dem müden Druck der Spätsommernächte den Kopf in ihr kleines Kissen pressen. Und sie bohrte das Gesicht hinein, um nicht denken zu müssen. Sie sehnte sich maßlos nach einer Bonne, die sie als dreijähriges Kind gepflegt hatte und täglich vor dem Einschlafen an ihrem Bett gesessen war. Wenn die wieder hier sein könnte, wäre alles besser. Sie wusste nicht mehr, wie das Mädchen ausgesehen hatte, aber sie erinnerte sich an eine kühle, behutsame Hand und weiße Mullgardinen vor dem Fenster.

Wenn sie aber Mutters Stimme aus dem Nebenzimmer hörte, sagte sie halblaut in das heißgehauchte Kissen hinein: er ist ein Schuft – ich liebe ihn – er hat Vater bestohlen – ich liebe ihn – er hat uns gemordet – ich liebe ihn – er hat unsere Zimmer trüb und drückend gemacht und unser Leben misstrauisch und eng – ich liebe ihn – er sucht das Böse, weil das Licht ihn verlassen hat – ich liebe ihn – ich habe ihn immer geliebt – ich liebe –

So das Sprachrohr. Und unter dem Bett lag, staubdick geschichtet, wehrlose Wut.

Onkel Gustav

ONKEL GUSTAV WAR KLEIN. Er war nur ein ganz wenig kleiner als die andern und doch glaubte er, an ihnen hinaufsehen zu müssen. Er spielte Geige. Um ein klein wenig schlechter, als man spielen muss, um ein helles Leben zu haben. Er malte. Und es hätte nur eines Funkens Kraft, eines Fußtritts Persönlichkeit bedurft und er wäre ein großer Künstler geworden. So war er klein, sogar sehr klein.

Ein Sprung und er hätte den Gipfel erreicht. Zu diesem Sprung kam er nie. Und so blieb er hoch oben hängen, über dem Abgrund. Und die von unten lachten ihn aus.

Als Onkel Gustav drei Jahre alt war, waren es seine Zartheit, seine rührend fragende Stimme, seine samtenen, etwas zu großen Augen, die seine träge Mutter das erste Mal in ihrem Leben lebendig machten.

Sein Vater behandelte ihn wie einen überempfindlichen Rassehund. Die Mutter liebte seine glänzenden Locken. Und die große Schwester stürzte sich auf ihn in zügelloser Leidenschaft. Die vielleicht nicht ganz ihm galt, sondern auch der Freude zu herrschen, herrschen zu dürfen über einen andern, während ihre fordernden Finger sich krümmten unter der Zuchtrute des väterlichen Hauses.

Onkel Gustavs zarte, etwas bräunliche Haut hatte einen leicht verwelkten Geruch an sich. Der angenehm war, wie der Duft ermüdeter Rosen. Und lähmte.

Vor dem Haus seiner Kindheit war ein tropisch üppiger Garten gewesen. Und alles wurde verspielt.

Gustav wusste nie, was wirklich um ihn vorging. Das teilte er mit der Schwester. Sein Zuhause war ein Königsschloss, Vater der König, Mutter die Königin, ganz wie im Kindermärchen. Und die große Schwester erklärte ihm die Welt. Die richtig gezeichnet war, nur mit zu langen Strichen. Sodass überall spitze Ecken waren und Anhängsel. Doch das konnte er nicht wissen.

Er hatte eine runde Kopfform. Eine runde, etwas kindische Nase, runde Augen. Er geigte in weichen, abgerundeten Tönen, die nicht zu Ende kommen wollten. Mischte auf seinen Bildern mollige, runde Wolken ineinander und seine griechischen Vokabeln bissen eine in die andere, immer im Kreis.

Im Gymnasium war er durchgefallen. Vater verachtete ihn. Mutter weinte. Die Schwester erklärte, er sei ein Künstler und die Prüfer gehören gehenkt.

Die Dienstboten verspotteten ihn. Seine Kameraden gingen mit ihm um wie mit einem verwachsenen Kind. Aber er hatte einen Freund, der groß und stark war, etwas zu klug und ganz gemein blond. Der studierte ihn genau. Bis er mit derselben nachlässigen Gebärde die Schulbücher über den Tisch warf, die Haare, genau wie er, etwas zu lang in den Nacken trug und eine ebenso tolle Zusammensetzung französischer Gassenhauer pfeifen konnte. Dann verließ er ihn. Er galt für sehr interessant. Und kam bei allen Prüfungen durch.

Alte Damen hatten ein unverschämtes Bedürfnis, sich Gustavs anzunehmen. Der Kondukteur der Straßenbahn behandelte ihn mitleidig lächelnd, weil er ihm zu viel Trinkgeld gab.

Aber alle Hunde hatten ihn gern. Weil er nicht besser sein wollte als sie. Er liebkoste sie wie eine fremde, seltsame Sache, der man nicht zu nahe gehen dürfe, er respektierte sie. Als er sehr klein war, sagte er den großen Jagdhunden seines Vaters ›Sie‹. Später sprach er nicht mehr mit den Hunden. Er wusste, dass sie ihn nicht verstanden. Aber er lebte mit ihnen und sie durften ihr eigenes Leben führen. Was ihm versagt war. Das wusste er nicht. Sie saßen neben ihm beim Schreibtisch, wenn er schrieb, neben ihm, wenn er aß, sie lagen neben seinem Bett. Sie hatten alle keine Namen. Aber seine Schwester gab ihnen englische Sportsnamen. Er konnte nichts dagegen machen.

Junge Frauen liebten ihn plötzlich und stürmisch. Ja, sie verehrten ihn sogar. Er sah in jeder eine Mutter Gottes. Und sie waren sein Stolz.

Er hatte eine Schreibtischlade voll Liebesbriefen. Davon wusste die Schwester nichts. Er hob das nicht auf aus Eitelkeit. Aber wenn er hungrig war und erfroren, nahm er sie vor und wurde warm und glücklich. Er lebte von dem Glauben der Frauen an ihn, der immer gar zu rasch verflogen war. Das wusste er nicht. Als er achtzehn Jahre war, verliebte sich eine blonde, junge Wilde in ihn. Sein Vater wollte ihn gerade durch die Schule zwingen. Sie kam ins Haus und erklärte wutsprühend, er brauche keine Prüfungen, er käme in die Fabrik ihres Vaters, er sei geboren, Massen zu lenken, so wie er unlängst mit dem Werkführer gesprochen ...

Es gab Augenblicke in Gustavs Dasein, die wie rote Raketen emporstiegen, leuchtend, hoch. Und dieses falsche Feuer durfte sein Leben erwärmen. Denn er hatte ein gläubiges Herz.

So ein Augenblick war es, als sie, die blonde, junge Wilde vor seinem Vater stand. Sie war überflutet von einer weißgelben Märzsonne. Und draußen schmolz der Schnee. Sie schlug mit ihrer etwas zu großen Faust auf den Tisch, dass die Gläser klirrten und die dunklen Eichenmöbel ganz verwundert schienen. Vater war auch ganz verwundert. Und er selbst war so glücklich, dass er vergaß, um was es sich handelte.

Dann war er drei Wochen verlobt. Länger ließ es die Schwester nicht zu. Denn sie wusste ja, dass er ein großer Künstler werden würde. Und da glaubte er es auch. Die blonde, junge Wilde heiratete später einen Ofenröhren-Fabrikanten.

Gustav konnte nicht über die Straße gehen, ohne dass sich ein blondes Mädel an seine Rocktaschen hing. Und er liebte sie alle. Nur wusste er nicht, sollte er sich so benehmen, wie seine Freunde es taten oder sich der strengen Moral der Schwester fügen. Während er sich das überlegte, verschwand das blonde Mädel.

Eine grobknochige Malerin hatte ihn in einer Ausstellung untergebracht, sechs Wochen lag er in ihrem Atelier herum, als ihr erklärter Liebling. Ihre Freundinnen stutzten seine zu langen Locken. Und ihre wilden Umarmungen standen wie riesige Raketen auf seinem Lebenshimmel. Dann holte ihn die Schwester. Die Malerin reiste nach Paris.

Sein Zimmer wurde immer enger. Vater und Mutter waren tot. Das viele Geld fort. Er wusste nie genau, wie es gekommen war. Er bastelte eine eigene Liegestatt für seinen großen Terrier. Schrieb eine rechtsphilosophische Abhandlung, lernte Indisch. Des Abends ging er zu seiner Schwester. Sie setzte ihm auseinander, er sei ein verfolgter Märtyrer seiner Kunst. Sie schmiedete die schwierigsten Intrigen gegen seine Feinde, schickte ihn zu großen Herren betteln. Schrieb Gesuche für ihn. Er empfand ihre Geschäftigkeit angenehm um sich herumspülen, wie lauwarmes Wasser. Und steckte die Finger hinein und spielte drinnen mit den Zehen. Trank Limonade und hielt die Kinder auf seinem Schoß. Nach jedem neuen Schicksalsentwurf, den sie machte, ging er lächelnd nach Hause. Seine dunkle, schmutzige Straße beleuchteten grellrote, kalte Lichtfetzen. Und in seinem Zimmer waren Wanzen.

– Du musst nicht so ungeduldig sein, sagte er zu der Schwester, wenn sie klagte und in verzweifelt großen Schritten durch das Zimmer jagte, – nein, schau, eigentlich sind wir – er sagte immer wir – stark im Hinaufsteigen begriffen. Die Exzellenz hat mir versprochen, ich bekomme die Violin-Stunden bei dem jungen Prinzen. Also, bin ich dort, dann ist alles fertig. Ich spiele im Salon vor. Lauter Fürsten und solche Leute. Man arrangiert ein Wohltätigkeitskonzert. Ich bin dabei. Dann kann überhaupt niemand anderer für die Dirigentenstelle in Betracht kommen. Setze ich dann erst meine Kompositionen durch – du wirst schon sehen. Überdies habe ich die größten Aussichten, dass meine Feuilletons gedruckt werden. Ich habe zwar erst eines, aber die andern sind fertig im Kopf. Wart' nur, nächstens bring ich dir die Zeitung.

Eines Abends kam er bleich vor Erregung: – Ich bin an einem technischen Unternehmen beteiligt. Eine Riesensache. Ich darf es nicht näher sagen. Ich glaube, ich habe auch schon eine Erfindung gemacht. Aeroplan.

Drei Monate später hatte er sein letztes Geld verloren. Ein Zufall verschaffte ihm eine Stelle als Zeichenlehrer in einer Provinzstadt. Die Schwester war böse. Warum hatte er ihren Rat nicht befolgt, nicht das Gymnasium gemacht?

Gustav kam in eine Welt, die aus Fabrikschloten bestand und holprigen Gassen. Grauem Nebel, einem grauen Haus, feucht riechenden Kleidern, kaltem Rauch. Er musste täglich eine halbe Stunde in der Früh in die Schule gehen. Mit zerrissenen Sohlen und fadem Kaffeegeschmack. Er ging durch eine gerade, lange Straße voll Schwerfuhrwerken mit fluchenden Kutschern, schrillen Schulkinderschreien, Papierfetzen. Er fürchtete sich vor seinen Vorgesetzten, wie als Kind vor den Lehrern. Er konnte die Vorschriften so wenig erlernen, wie als Kind die Aufgaben. Er fürchtete sich vor seinen Schülern, die ihn verachteten, weil er mit ihnen höflich war.

In der Stadt hieß es allgemein, er schreibe ein Drama. Ein ganz modernes, verrücktes. Er bekam vier Liebesbriefe von höheren Töchtern. Die er sorgfältig aufhob in der bewussten Lade.

Die Tochter seiner Hausfrau liebte ihn. Sie war stark geschnürt und hatte Blumen auf dem Hut, die aussahen wie von Papier. Und sie brachte ihm täglich das Frühstück. Auch bat sie ihn, ihr Zeichnungen zu machen, nach Photographien gewesener Liebhaber. Was er geschickt und sorgfältig ausführte. Aber sie war nie ganz zufrieden. Er merkte es nicht. Aus der Bluse heraus guckte farbige Unterwäsche.

Eines Abends war er bei seinem Direktor eingeladen. Das Zimmer war zum Ersticken rauchig. Die Frau des Direktors hatte eine hart abgerundete Stimme. Sie sprach sehr laut. Und am meisten mit einem breitschultrigen Mathematik-Professor. Von Gustavs Anwesenheit schien sie überhaupt nichts zu bemerken. Gustav dachte: unangenehm, dass sie so eine weiße Haut hat. Wie ein frisch enthülltes Denkmal. Oder Stiegen, die einen schwindeln machen. Auch schaut sie nach allen Seiten auf einmal, als ob sie vierfach schielte. Wie sie wohl aussieht wenn sie schläft ... Und dann sehnte er sich nach seinem Terrier und dachte nach, ob der Ofen in seinem Zimmer schon ausgegangen sein wird, bis er nach Hause kommt. Als er fort ging und schlaftrunken über die dunklen Stiegen taumelte, rief ihm die Direktorsfrau nach: – Hallo, Sie, Herr Zeichenlehrer, oder wie Sie heißen, vergessen Sie Ihren Hut nicht, da, gute Nacht! – Er fühlte einen heftigen Schlag auf das Hinterhaupt und am nächsten Morgen eilte er sich, in die Schule zu kommen, vielleicht steht die Frau des Direktors beim Fenster, vielleicht geht sie gerade Einkäufe machen ... vielleicht ...

Er erzählte den Jungen von der griechischen Kunst, dass selbst die Dümmsten und Klotzigsten Augen und Ohren aufrissen. Er sprang über das Reck im Turn-saal und kaufte seinem Hund eine Extrafleischportion. Er merkte nicht, dass der Nebel ihm ins Zimmer kroch und der Ofen rauchte.

Zu Weihnachten bat ihn der Direktor, seine Frau zu zeichnen. Er saß in einem warmen Zimmer, mit glatten, dunklen Möbeln und loderndem

Kamin. Brand, raketenroter Brand. Vor dem Fenster der geradwegige Schulgarten, abgerundet im Schnee. Sie saß vor ihm mit einer Handarbeit, weiß und überreif, wie eine süße, tropische, wie eine ungekannte, ungeahnte Frucht. Das Zimmer roch nach Mandelblüten. Und ihr Haar war schwarz und zu glatt nach hinten gelegt.

– Sehen Sie, sagte er, hier kann man zeichnen. Das ist doch was anderes als zu Hause, immer kalt, und wenn ich meinen Hund nicht hätte, – es kam ihm vor, als ob er etwas Unpassendes gesagt hätte, er wurde dunkelrot und machte einen Strich quer durch die ersten Umrisse ihres groß- zügigen Gesichtes. Sie sah ihn an, beobachtend, wie ein neues Möbelstück, ob es brauchbar wäre. Und er dachte: nein, die hält mich nicht für groß, nein, die hebt mich nicht in den Himmel, sie traut mir gar nichts zu, rein gar nichts. Und sie hat recht. Einen Augenblick dachte er in glühendem Hass an seine Schwester. Und dann: Es ist alles eins. Aber ich zeichne sie jetzt nur einmal und dann nie mehr. Ich zeichne sie, wie sie ist, o so ganz, wie sie ist.

Und aus dem grauweißen Papier heraus wuchsen, Zug um Zug, unterdrückte Entbehrung und uneingestandene Wünsche. Der bleiche Widerschein ihres Körpers und Mandelduft. Das Gefängnisgitter ihres Kinderbettes und der Brief, mit dem sie die Werbung ihres Mannes beantwortet hatte. Gustav wusste alles und er, der nur sein eigenes unechtes Bild gekannt hatte und die blonden Madonnen mit den Liebesbriefen, er sah ein Leben vor sich und wieder aufwachen und bluten unter seinen Händen.

– Bring dem Herrn Professor eine Schale Tee, sagte sie zu ihrem kleinen Sohn, der etwas hervorstehende Augen hatte, wie sein Vater. Ihre Stimme war wie Schläge gegen das Hinterhaupt. Da war die Zeichnung fertig.

Sie wurde rot, als sie sie sah. Und sagte nur Danke. Gustav ging.

Er traf sie das nächste Mal Anfang Mai in der Dämmerung auf dem Friedhof. Er ging gerne auf dem Friedhof spazieren mit seinem Hund. Er liebte Zypressen und fühlte sich so seltsam unbehelligt.

Die Blätter dufteten nach dem Sich-schon-geöffnet-haben. Die Erde auf den offenen Gräbern war tiefschwarz. Sie kam ihm entgegen, schimmernd und licht, wie ein ganz weites und reiches Ährenfeld in der Julisonne. Ein Schlag auf den Hinterkopf. Er küsste ihre Hand, langsam und vorsichtig. Sie sah auf dem Weg vor sich dicke, runde Kieselsteine.

Die hervorstehenden Augen ihres Mannes. Aber ringsum die Blätter waren grün und zart und jung und die Erde schwarz. Sie nahm seinen weichen, knabenhaft lockigen Kopf und küsste ihn. Große leuchtende Rakete. Und jeder ging seines Weges.

Am andern Tag warf ihn seine Hausfrau hinaus. Er hatte nicht beachtet, dass ihre Tochter ihm durch nunmehr schon zwei Wochen das Frühstück nicht brachte. Er war ein unanständiger Mensch. Und der Hund machte alles schmutzig. Auch wollte ein anderer einziehen.

In der Schule hatte er staatsfeindliche Reden geführt. Sein verrücktes Drama kam ewig nicht zum Vorschein. Er ging herum wie in berauschtem Schlaf, in einer andern Welt. Was ihm diese Welt nicht verzeihen konnte. Er war gar nicht so dumm, wie er aussah, zum Mindesten machte er keine genügenden Dummheiten. Er zog ohne Recht die Aufmerksamkeit auf sich. Das war unverschämt. Er beantwortete einen Backfischbrief höflich und herzlich. Die Eltern fingen ihn auf. Die Empörung stieg. Er wurde hinausgeworfen.

Als er seine kleine Stube räumte mit dem zu kleinen Eisenofen, der immer rauchte, weinte er. Er weinte, wie ein kleines Kind, hilflos und lange mit großen Tränen, bis sein Gesicht verschwollen war und sein Denken verdumpft. Und er schaute aus dem papierverklebten Fensterchen über gleichgültige Dächer und Schornsteine in den grauen Nebel. Der das erste war, was er in seinem Leben frei und allein gesehen hatte. Denn hier war die Schwester nicht dabei gewesen. Und der fade Ruß deckte nur eine weiße üppige Blässe, ein unendliches Ährenfeld weit, weit dahinter im Wind.

Er konnte nicht atmen in den letzten Tagen. In seiner Kehle saß das Hierbleibenwollen. Er verteidigte sich gegen niemanden, er sprach mit niemandem, er hasste niemanden, er sorgte nur für das Essen seines Hundes. Er liebte jedes Schild den weiten Schulweg entlang. Die Buchstaben standen schwarz und steif auf dem nicht mehr weißen Hintergrund.

Es war unmöglich abzureisen. Es war unmöglich zu bleiben.

Und er sah sie nicht mehr.

Da traf er einen erwachsenen Schüler auf der Straße, der ihn grüßte. Einen großen, etwas dummen Menschen mit treuen Bewegungen. Er sprach mit ihm. Und bat ihn, ihn zum Bahnhof zu begleiten. Er kaufte ein Billet. So musste er reisen.

Und er sah sie nicht mehr.

Er saß in der Bahn an einem nachtschwarzen Nachmittag, in dem stickigen Dritter-Klasse-Coupé, zusammengepfercht mit Fabriksarbeitern und wichtigen Kleinbürgern. Unten fror man entsetzlich in den Füßen und oben fraß sich schmieriger Zigarrenrauch ins Gesicht, der noch den Speichel aller der ungepflegten Münder in sich hatte.

Gustav fühlte sich hier wieder groß. Er wusste, dass alle die Leute um ihn herum nicht einmal ahnen konnten, welche Schmerzen er litt. Er fühlte sein Schicksal unbändig schwer und mächtig vorne auf den Schienen liegen. Die Lokomotive stapfte mit ihrem eisenharten Leib darüber hin.

Eine süße Wollust betäubte ihn. Sein Vater musste einmal eine sehr schöne Frau geliebt haben. Und er schlief ein.

Dann war er wieder ein kleiner, verschreckter Bettler, der zu seiner Schwester ging und sich von ihr auszanken ließ mit harten Worten. Deren Ungerechtigkeit er wohl kannte. Und die er nicht beantwortete.

Er verstand nicht, sich zu ernähren. Und auch nicht, zu verhungern. So ließ er sich in die Mittelschule der Stadt hineinprotegieren und ging Mittwoch und Samstag zu seiner Schwester essen. Dort war er nicht mehr, als Mutters Bruder, ein höheres Wesen, sondern trotzdem er Mutters Bruder war, ein trauriger Narr. Man war gut mit ihm. Und Richard und Martha wurden sehr herablassend.

Eines Tages, als er einige Heller mehr hatte als nichts, ging er an einer kleinen Ansichtskartenhandlung vorbei. Das ganze Fenster war voll grellfarbiger Gebirgslandschaften, schmachtender Mädchenköpfe, Blumenstücke, Liebesszenen. Er liebte Ansichtskarten. In seinem Zimmer hingen immer abwechselnd sechs Stück an der nackten Wand. Nicht mehr und nicht weniger. Mit Reißnägeln befestigt.

Er ging in das Geschäft und unterhandelte lang mit der kleinen, blonden Verkäuferin. Dann kaufte er ein weißes Kaninchen auf grasgrünem Hintergrund. Obwohl er selbst es hässlich fand.

Er kam wieder jede Woche, jeden Tag. Gisa, die kleine Verkäuferin, hatte zu wenige und zu lichte Haare und dumme kleine Zähne, die übereinander lagen. Sie war nicht mehr ganz jung und doch kindlich zart. Sie liebte ihn und er fror alle Abende allein in seinem dunklen Zimmer.

Er zeichnete Ansichtskarten für das Geschäft. Eines Abends, als sie ihm zusah, küsste er sie auf die Stirne. Sie lehnte sich an ihn und sagte, sie seien verlobt und ihr häuslicher Herd werde ein Paradies sein, wie keines in der Welt. Er war erstaunt und sehr glücklich.

Sie waren lange verlobt. Sie verehrte seinen Geist und seine Kunst und plapperte ihm alles nach. Es kam drollig heraus, in ihrem Deutsch, das vom Dialekt nicht ganz zu reinigen war.

Er war glücklich. Nur konnte er zornig werden, wenn ihr Bruder, ein Soldat, nach Wirtshaus roch und ihre Mutter wollene Strümpfe auf den Tisch legte, auf dem eine goldene Vase mit verwelkten Gräsern stand. Dann schlug er auf den Tisch mit der Faust. Sie weinte hysterisch und zu laut.

Sie hätten sicher geheiratet, wenn er das Geheimnis ihrer Verlobung nicht doch zu zeitlich Mutter verraten hätte. Sie zog ihn vor das Grab seines Vaters und beschwor ihn, seinen toten Eltern diese Schmach nicht anzutun. An sein väterliches Haus zu denken. An seine Erziehung. Er floh vor ihr. Sie ließ nicht locker. Sie holte ihn von der Schule ab, sie lauerte des Abends auf ihn vor der Haustür. Es kam zu hässlichen Szenen zwischen ihr und Gisa, wo er kaum die einzelnen Worte verstand und sich fragte, ob man denn so schreien könne, ohne betrunken zu sein.

Und Mutter siegte. Mutter war die Stärkere. Mutter war sehr stark.

Er aber schrieb, als alles endgültig vorüber war, seinen ersten und einzigen Brief an die Frau des Direktors. Er wollte ja nur wissen, ob sie lebe, ob sie gesund sei, ganz gewiss gesund. Es war vielleicht ein wunderbarer Brief. Der nie beantwortet wurde.

Das war vor einigen Jahren. Seither führte man Gustav nicht in das Zimmer, wenn Gäste da waren.

* * *

Ruth ging an einem staubigen Spätsommerabend durch den großen, öffentlichen Park. Die Blätter hingen welk an den Bäumen, zu kraftlos, um sich abzubröckeln. Und zogen alle Säfte nach unten. Während graue Dämmerung die Wipfel drückte.

Auf den braungelben, eisernen Klappsesseln saßen in langen Alleen Liebespaare. Die Sesselfrau humpelte zwischen ihnen herum und kontrollierte sie. Und jedes hatte ein Gegenüber. Das saß schon dort seit Mai und nichts hatte sich geändert.

Vom Kaffeehaus herüber spielte die Kapelle Ouvertüren und Operettenlieder. Eintönig und zu rasch. Alles war hier so langsam und müde.

Runde, dunkle Holzreifen trennten den Rasen vom Weg. Aber der Kies lag verstreut noch weit im grauen Gras.

Ruth dachte daran, dass sie möglichst spät nach Hause kommen wollte. Dass sie vergessen hatte, die Schuhe vom Schuster abzuholen. Dass sie ihren neuen Koh-i-noor[3] verloren hatte.

Ihre Sohlen spürten, dass sie bei jedem Schritt in dem zerwühlten Sand etwas hinter sich ließen, das dunkel war und weich und wenn man ganz hinsah, tief hinunterging. Abgrund. Und ein chemischer Geruch aus trübgelben Phiolen. Eine Beethoven-Sonate, die gerade verklang und doch lebte, obwohl sie ohne Verständnis gespielt worden war.

– Guten Abend, Onkel Gustav, sagte Ruth, todtraurig. – Guten Abend, Ruth, bist du auch hier. – Der große Terrier presste sich dicht an seinen rechten Fuß.

Sie setzten sich in eine Allee, in die das gelbe Licht der Gas-Kandelaber nicht mehr dringen konnte. Ruth zeichnete mit der Fußspitze in dem bleichen Sand runde, dunkle Furchen. Sie sagte: – Weiß Gott, wer da heute schon ausgespuckt hat!

Der Terrier bekam auch einen Stuhl und legte den Kopf auf Onkel Gustavs Schulter.

Sie dachte, es sei doch langweilig hier zu sitzen mit Onkel Gustav und was wohl Richard dazu sagen möchte.

Da sagte Onkel Gustav leise: – Sie werden böse sein, wenn du zu spät zum Abendessen kommst.

– Ach was, jetzt bleib ich hier. Was mir schon daran liegt. – Das solltest du nicht tun, Ruth, sagte Onkel Gustav mit sanfter, fast demütiger Stimme. – Warum kränkst du Mutter in letzter Zeit so viel?

Ruth ärgerte sich rasend über diese, seine Stimme. – Was soll ich tun, sagte sie hart, mir alles gefallen lassen, so wie du?

Onkel Gustav schwieg. Dann murmelte er: – Du hast recht. Und dann wieder, nach einer Pause. – Nimm dich in Acht!

Sie schämte sich für ihre Worte. Und flüsterte nur: – Aber du.

---

[3] Der wahre *Koh-i-Noor* (persisch ›Berg des Lichts‹) auf den Ruth hier anspielt, ist mit rund 108 Karat einer der größten Diamanten der Welt und befindet sich heute als Teil der britischen Kronjuwelen im Tower zu London.

– Ich, Ruth, – und sie spürte sein Lächeln durch die Dunkelheit, dass ihr war, als könne sie nie wieder froh werden. – Nein, mit mir ist nichts mehr zu machen. Du musst jetzt nichts andres sagen, Ruth, nein wirklich nicht. Nicht heute. Vielleicht bei Tage, wenn wir uns auf der Straße treffen oder wenn ich bei euch bin und Richard ist unverschämt mit mir. Dann weiß ich auch nicht, was ich jetzt weiß, denn ich bin sehr schwach.

– Aber so reiß dich doch los, schrie Ruth, dass der Terrier erschrocken auffuhr.

Die Gebüsche hinter ihnen waren näher gekrochen. Legten sich ihnen fast auf den Rücken mit all der toten Hitze, die sie den Sommer durch verschluckt hatten. Ganz nahe. Und schwer.

– Du musst Acht geben! wiederholte Onkel Gustav dumpf. Und ihr war, als sähe sie dicht neben sich, in einem alten verblichenen Spiegel, ihr eigenes Bild. Kaltes Grauen machte die Finger steif.

– Von mir darfst du nicht sprechen, fuhr er fort. Stell dir einen Wurzelbund vor, den die Erde ganz fest in sich hineingefressen hat. Nie mehr herausziehen. Manchmal glaub' ich, es gibt irgendwo um mich herum ein Fenster, wenn ich da durchsehen könnte, ich sähe alles richtig. Aber Mutter hat das nicht zugelassen. Ich musste alles durch ihr Fenster sehen. Das ist nicht aus reinem Glas. Deshalb haben meine Bilder auch etwas Verzeichnetes. Du musst achtgeben, Ruth! Wie du mir da entgegengekommen bist, ich bin erschrocken; du hast mir so ähnlich geschaut, es war derselbe Rhythmus im Schritt, eigentlich kein Rhythmus.

– Onkel Gustav, ich habe dich sehr lieb.

Es war ganz dunkel geworden. Und die nächsten Bäume in der Allee standen wie wachende Ungeheuer, riesengroß, verworren, unankämpfbar.

– Ich fürchte mich, sagte Ruth in der entsetzlichen, toten Beklommenheit. Hier, vor allem. Aber noch mehr, wenn wir weggehen. Die Menschen drüben im Kaffeehaus bei der Musik, sie sind nur dort so glatt und unschädlich. Wenn sie jetzt hierher kämen, sie wären wie die Räuber im Wald, Verbrecher –

Sie konnte ihn nicht mehr sehen. Und er sagte keuchend, kaum hörbar: – Die Blätter faulen im Erdboden, damit die Wurzeln Nahrung bekommen. Die Tiere fressen einander auf. Und die Menschen, Ruth, sind alle Mörder. Aber unsere Nächsten – hörst du, Ruth, hörst du, – unsere Nächsten, das sind unsere nächsten Mörder. Doch das darfst du Mutter niemals sagen!

Mittagessen

BEVOR MAN ZU TISCH GING, rückte Mutter alle Teller noch einmal zurecht und die Stühle mit den ledergepressten Lehnen. Dann stand alles schief.

Ruth hasste unaufgeräumte Zimmer. Wie schmutziges Wasser, Ungeziefer, weggeworfene Zahnstocher. Ihr war jeden Morgen übel. Sie konnte nie das Frühstück essen. Immer empfand sie eine dumpfe Verantwortung in sich: mach' es gut, mach' es rein, mach' es hell. Aber der Widerwille ihrer braunen Kinderfinger, die sich weiche Öle wünschten, hinderte sie an jedem Handgriff. Wenn das Mädchen dann aufgeräumt hatte, fand sie alles kalt, leer und fremd. Mutter sagte: – Warum hilfst du nie mit? – Sie gab mit ihren ungemessenen Bewegungen der Wohnung ›den letzten Anstrich‹, wie sie es nannte. Und dann – nun dann stand eben alles schief. Aus den Dingen heraus kroch eine seltsame verborgene Unruhe. Alle Ecken wurden zu lang, Ruths Gestalt zu schmal, zu knochig in den hohen Räumen – tastend und auch schon verzeichnet.

Wie hatte Onkel Gustav gesagt: – nimm dich in Acht! Vor wem, vor Mutter – vor Onkel Gustav – dunklen Zimmern – dämmernden Spätsommergärten – vor ihrem eigenen flüchtenden Spiegelbild – vor wem?

Was war geschehen? Mutter rückte heute die Teller zurecht. Die große Speisezimmeruhr, mit ihrem lichtmetallisch harten Klang streckte den langen Zeiger auf fünf bis vier Minuten vor Eins. Also genau wie immer. Sie, Ruth, stand beim Fenster, die Zeitung in der Hand, die sie doch nie las – genau wie immer.

Kann man denn da gar nichts machen? Die breite, bürgerlich grüne Hängelampe zerschlagen, etwas in sie hineinwerfen. Am liebsten die eigene lebendige Faust. Oder die dummen Suppenlöffel neben den geduldigen Suppentellern. Etwas machen, das hineinfährt, wie ein Blitz, wie ein Schrecken, wie eine Erlösung in dieses Wie-immer.

Und sie hatte es ja nie gewusst. Sie saß dort an dem großen Familientisch, immer an demselben Platz. Viele Jahre hindurch. Und war klein und zart und viel zu jung – ganz wie immer. Sie hatte es nie gewusst.

Als Kind hatte sie geweint in der Frühlingsdämmerung. Und sich geekelt, wenn Mutter beim Essen über die schlechte Köchin gejammert hatte. Aber dann kam das große, das einzige Gefühl. Noch lag der Druck der grauen Alltäglichkeit tief in ihr eingegraben in weichem Grund. Aber hoch darüber hinaus jauchzte eine selige Hingabe. Was sonst um sie vorging, ließ sie ruhig, kostbar verantwortungslos ruhig. Ihr Leben war ein Rahmen geworden, der sich fest und unwillkürlich krampfhaft um das seine schloss, zärtlich, ohne nachdenken zu müssen, kostbar verantwortungslos.

Wer hat ihr jetzt eine Maschine in den Kopf gesetzt? Die arbeitet und wühlt, denkt, denkt, denkt. Aus müdem Halbdunkel herausgerissen, sieht sie alles mit lichtgepeinigten Augen, grell, schreiend grell, laut. Höhnend scharfe, wilde Konturen, zu lange Ecken, zu runde Bogen –

Es ist ein Verbrechen begangen worden. Etwas Schlimmeres. Etwas noch nie Geschehenes. Ein Mensch hat sich verloren und sucht sich. Und weiß es und denkt das durch, ganz durch ...

Noch einmal ging Mutter um den Tisch und rückte die Teller zurecht und die ledergepressten Stühle. Und alles stand schief.

Sie, Ruth, lehnte am Fenster. Sie wusste es. Und wusste, warum Onkel Gustav nichts weiter geworden war, als ein trauriger Narr. Wusste, dass sie selbst, wenn sie jetzt mithelfen wollte bei den Tellern, es genau so machen müsste wie Mutter, so ungeschickt und doch selbstzufrieden. Dass sie Mutters ungeduldige Nasenflügel hatte, Mutters dunkle Brauen.

Sie fürchtet Mutter maßlos. Sie fürchtet sich. Sie möchte sich schlagen, weil sie Mutters Kind ist.

Onkel Gustav war da. Wie jeden Samstag. Er hatte einen Freund mitgebracht. Der war so unscheinbar, dass Ruth ihn erst nach der Suppe bemerkte und auch da nur, weil Mutter gar so höflich war. Man nannte ihn von und dann etwas mit ›-berg‹. Gustav sagte Norbert und du. Er hatte tadellos gepflegte Nägel und einen festgeklebten hellbraunen Scheitel.

Richard erzählte vom Geschäft. Die geringste Kleinigkeit war wichtig und wurde mit Aufmerksamkeit angehört.

Draußen fällt ein grauer, dünner Regen. So sitzen jetzt an jedem Mittagstisch die Männer und erzählen ihre Wichtigkeiten. Am Abend gehen sie in das Kaffeehaus und erzählen sie ihren Freunden. Das ist alles.

Onkel Gustav sollte den Kopf nicht so vorsichtig zur Seite legen. Das ist eine Gemeinheit. Wie sagte er vorgestern: Nimm dich in Acht. Das hat er gewagt. Er hat es gewagt, sie zu durchschauen. Dumm wie er ist. Und jetzt schielt er nur so mitleidig auf sie her.

Sie senkt den Kopf tief über den Teller. Sinkt ganz in sich zusammen. Und isst irgendwas, das schmeckt wie graugrüner Kohl. Ist aber etwas anderes. Sie hört das Klappern der Bestecke und das sinnlose, etwas faule Durcheinander der anderen über sich. Sodass sie wieder fühlt, sie ist ganz klein und krank und liegt im Nebenzimmer in Mutters riesigem Bett. Die Tür ist offen, damit man sie schreien hört, wenn sie etwas braucht. Sie wundert sich über das Aufschlagen der Gabeln in dem Porzellan, das die kaum verständlichen Redebrocken drinnen begleitet. Sie möchte schreien und etwas verlangen und traut sich doch nicht.

Sie fragte Onkel Gustav, ob er letztes Mal gut nach Hause gekommen sei. Es war doch zu gemütlich im Park. Überdies hätte sie einen Haufen Knochen für seinen Terrier gesammelt. Er solle sie nur vor dem Fortgehen daran erinnern. Sie wird ihm auch ein Buch zeigen –

Sie fragte Martha, was die Schneiderin von ihrem neuen Kleid gesagt habe. Ob es bald fertig sei. Und wie es aussehe so auf dem Kleiderhaken. Ob es ihr schon ein bisschen ähnlich sehe –

Sie erzählte Richard, dass sein Buch, das er gestern gesucht habe, in ihrem Zimmer liege, sie wisse selbst nicht wieso –

Sie bat Mutter, nicht zu vergessen, die Konzertkarten holen zu lassen –

Sie fragte den neuen Gast, ob er gern Kartoffelsuppe esse. Und ob er noch Gemüse haben wolle –

Sie wusste: Wenn ich jetzt schweige, hört man mein Besteck allein auf dem Teller. In was für einem hässlichen Rhythmus es darauf klopft. Gefräßig. Deshalb muss ich reden. Alle reden. Wäre es nicht besser, man würde mit den Füßen strampeln?

Der neue Gast spricht von seiner Braut. Das heißt, Onkel Gustav spricht von ihr. Aber es ist klar, dass er eine Braut hat. So jemand hat immer eine Braut. Und dann kommt die Hochzeit mit Myrte und Schleier.

Was ist dort oben, nahe der Decke und doch tief unten –

Ist es der Rauch aus Onkel Gustavs ewig ausgehender Zigarre. Aber nein, der raucht ja doch nicht. Man ist erst bei der Mehlspeise. Große, gelbe Patzen, glitschig in einer lichten Eier-Soße.

Nein, es ist nicht Rauch, aber grau und massig, ineinander überlaufend, ohne Grenzen. Schwergewichtig und doch oben schwebend. Zu bleich, um es wirklich sehen zu können. Und doch da. Verbunden mit allen Adern, allen Sehnen, durch die Fingerspitzen hindurch –

Es steigt auf aus Richards kühlen, vorsichtigen Gelenken, wie er langsam die Mehlspeise zerlegt.

Aus den hundetreu furchtsamen Augen des Fremden.

Aus Marthas abgetragener Samtbluse.

Aus Onkel Gustavs rundem Rücken, aus Mutters lauten Reden.

Es steigt auf aus ihr selbst, aus Ruth, aus ihrem farblos schlafsuchenden Vormittag. Und dort oben ist es eng hineingefügt, schlangenartig umwickelt von all dem anderen, festgebissen.

Hier um den Tisch herum glaubt jeder, dass er etwas für sich ist. Richard vor allem, der so klug ist, dass Mutter immer sagt, er muss Bankdirektor werden oder Finanzminister. Aber das ist gar nicht wahr. Richard gehört dazu, genau so wie alle anderen, die hier um den runden Tisch schwatzen. Die sich ähnlicher sind als die eintönigen Ledersessel, auf denen sie sitzen.

Da oben ballt es sich zusammen. Viele Kleinschicksale – ein Kleinschicksal.

Da oben schwingt es in einem kraftlosen Rhythmus. Selbstbewusst. In demselben Rhythmus, in dem man in das Geschäft geht oder in das Amt oder in die Schule, wenn man brav gelernt hat. In dem man zum Traualtar geht, wo man eine anständige Partie macht, in dem man sonntags am Korso seinen neuen Hut zeigt, in dem man sich zum Geburtstag gratuliert, in dem man hinter dem Sarg seiner Lieben geht, in dem man ins Himmelreich hinein trottet, in dem man –

Agnes zerbrach ein Glas. Ein flüchtiger Sonnenstrahl stahl sich durch den feinen sprühenden Regen über das verschobene Tischtuch.

Gott sei Dank. Es schadet auch nichts, dass Mutter und Martha böse Gesichter machten. Auch nichts, dass sie drei Tage darüber unglücklich sein werden. Gott sei Dank.

Ruth nickte dem Herrn Norbert von – und dann kommt etwas mit ›berg‹, strahlend zu. Der brauchte doch nicht auch betrübt sein über das zerbrochene Glas. Er sah sehr unglücklich drein. Wahrscheinlich mehr aus Höflichkeit. Oder vielleicht wegen irgendetwas anderem.

Diese Agnes war doch wirklich nicht salonfähig. Zu kräftig. Wenn sie bei der Tür hereinkam, musste eigentlich etwas umfallen in den hohen, schmächtigen Räumen. Durch die bloße Anwesenheit ihrer saftvollen Arme. Sicher hatte sie an den Kerl gedacht mit den aufgewirbelten, schwarzen Schnurrbartspitzen. Der immer in der Küche steckte und den

Hut nie herunternahm. Einen riesengroßen, hellgrauen Deckel, der schief über dem linken Ohr saß, immer ganz gleichmäßig schief über dem linken Ohr. Toll einfach. Morgen ist Sonntag, sie geht mit ihm zum Karussell, mit knallblauem Seidenhut und das Werkel[4] spielt –

Ruth pfiff, wie man von Tisch aufstand, einen Gassenhauer und konnte trotz Mutters Entsetzen so nicht aufhören, dass sie in ihr Zimmer lief, um weiter zu pfeifen. Dort riss sie das Fenster auf. Die Sonne schien hell.

Norbert sagte mit seiner zu leisen, fast näselnden Stimme zu Gustav: – Deine Nichte Ruth scheint etwas – nun – etwas aus der Art zu schlagen.

– Ruth? ... Gustav war ungeheuer erstaunt – Ruth, die ist doch wie wir alle. Er betonte das ›wir‹ mit einer gewissen gesättigten Befriedigung. Allerdings, sie ist sehr kindisch und ganz unreif, eigentlich viel zu unreif für ihr Alter, denk nur, schon zwanzig Jahre. Man weiß gar nicht, was mit ihr anfangen. Übrigens, findest du, dass sie mir ähnlich ist? – Nein.

Geld

MUTTER WAR NICHT ZUM GLÜCK GEBOREN. Aber sie hätte eine entthronte Königin werden müssen. Und in Schmerz und Größe schwelgen. So war sie kleinlich und misstrauisch, zankte mit der Köchin um jeden Heller. Und wurde dann bestohlen, wie überhaupt von allen Leuten des unteren Standes. Weil ihre Stimme so befehlend schroff war, dass sie sie für mächtig, Ehrerbietung fordernd und hassenswert hielten.

Auch Ruth hielt Mutter für mächtig, für allmächtig. Sie stand himmelhoch über den Dienstboten und Bonnen[5]. Sie besaß die Schlüssel zum Wäschekasten, zu jener blendenden Fülle weichen, weißen Leinens, die zu sehen allein schon schläfrig macht wie ein zu heißes Bad. Sie besaß jeden Silberlöffel, jede Schüssel, jedes Glas Milch so intensiv und eigentumsdurchsättigt wie fanatische Sammler ihre Kunstschätze. Und war daher reich in einer Dürftigkeit, die sie selber am schmerzlichsten empfand.

---

[4] *Werkel (österr.):* Drehorgel, Leierkasten

[5] *Bonne (lat., franz.):* Kindermädchen

Ruth fuhr einmal als kleines Kind mit ihrer Schwester und einer Bonne in einem Eisenbahncoupé. Es war eine Sommerfrischen-Reise. Da sagte Martha mit ihrer überlegenen Stimme: – Nein, wissen Sie, in dieses Hotel können wir nicht gehen, da sind lauter reiche Leute. – Ein ungeheures Erstaunen hinderte Ruth damals am Fragen. So waren sie nicht reich? Aber wieso, sie hungerten doch nicht? Und Mutter trug schwarze Seidenkleider; was das nur heißen sollte? Sie glaubte, missverstanden zu haben.

Auch als sie schon erwachsen war, liebte sie einen Radiergummi mehr als ihre goldene Uhr, konnte sie Festtagskleider nicht leiden und verlor immer ihr Taschengeld.

Geld war und blieb ihr etwas unbedingt Schmutziges. Etwas, das schon durch tausend hässliche Hände gegangen war, über Wirtshausfußboden rollte. Mutter besaß es in ungezählten Mengen. Es war nur ein Prinzip, dass sie damit knauserte. Aber Martha war geizig und das war viel schlimmer. Nur Richard war nobel. Er lächelte immer verächtlich, wenn man von Geld sprach.

Ruth hatte kein Gefühl für Zahlenverhältnisse. Den Unterschied zwischen hundert, tausend, hunderttausend begriff sie so wenig, wie ein Unmusikalischer die Differenzen in der Tonreihe. Das war ein Erbe von Mutter. Nur dass diese es sich niemals zugeben wollte und um wenige Heller trauerte, während sie Tausende verschleuderte.

Aber Ruth schenkte mit Leidenschaft. Nicht aus Güte oder um anderen eine Freude zu machen. Einen Gegenstand verschenken, heißt, ihn ganz von sich losreißen, sich auf ewig von ihm trennen, ihn ins Ungewisse schicken. Und das war herrlich, war Abenteuer, Tat und Befreiung. Sie gab ihre liebste Bluse plötzlich dem Stubenmädchen und wenn eine Freundin auf Besuch kam, war nichts im Zimmer, auch das am liebsten gehegte, sicher vor plötzlichem Ausgestoßenwerden.

– Es ist schade, dass man in unserer Religion keine richtigen Opfer mehr bringt, sagte sie einmal.

Jedes Kleid, jedes Buch, jeder Sessel ihres Zimmers waren ihr persönlich eigen. Aber nicht im selben Sinn wie der Mutter, die alles an sich riss. Sie gab sich den Dingen hin und füllte sie so voll mit ihren dämmernden Gedanken, dass ihre Umgebung manchmal vernebelt wurde, übersättigt vom eigenen Selbst. Und sie musste plötzlich auf die Straße laufen, stöhnend vor Sehnsucht nach dem ganz Fremden.

Dieses Selbst in allen Dingen verschleuderte sie mit wollüstiger Freude und Grauen. Sie war immer unbeschreiblich reich dabei. Wenn etwas sie in Grenzen hielt, war es die Dankbarkeit der Beschenkten. Sie schämte sich darüber. Danken war: sich erniedrigen. Und ein heißer Zorn wühlte in ihr, wenn alle anderen nicht größer waren als sie. Sie wollte das Kleinste sein, denn sie suchte das Oben. Wie sagte doch Onkel Gustav zu seinem Freund: – sehr kindisch – und sehr unreif – eigentlich viel zu unreif für ihr Alter.

Ruth bewunderte alle Menschen, die stehlen konnten. Jemandem eine Münze aus der Geldbörse zu nehmen, war für sie ein Wagnis, ein Heldenstück, das ihr immer unmöglich sein würde. Ein Eingriff in fremdes Reich, ein Festnehmen von feindlichen Objekten – schwieriger, als einen nassen Salamander in der Hand zu halten.

Ruth verbrachte den ganzen Sommer in den engbrüstigen Vorstadtgärten, zwischen Ladenschwengeln, Proletarierfrauen und klebrigen Kindern. Man konnte dieses Jahr keine Sommerfrische aufsuchen. Mutter war im Winter krank gewesen und musste im Frühling eine Reise machen. So war nicht genug Geld da, noch einmal fortzufahren.

Als Ruth zum ersten Mal davon reden hörte, dass sie heuer nicht wegfahren müsse, hatte sie laut aufgejubelt. Aber Mutter weinte eine halbe Woche.

Von Ruth war ein Alpdruck weggefallen. Wie eine drohende Gefahr, unaufhaltsam näher rückend, empfand sie den ganzen Winter durch: Es kommt ein Tag, da muss ich fort. Man zwingt mich dazu. Fort. Man reißt mich aus meinem Zimmer. Meine Gedanken stecken noch in den Stuhlbeinen, auf der Hauptstraße liegt etwas ganz Besonderes von mir, ich muss alle Tage vorübergehen, meine Adern sind verwoben mit dem Himmel über unserem Dach und dann soll ich fort. Und sie haben die Macht, mich zu zwingen. Nein, ich liebe mein Zimmer nicht, es ist mir zu eng, zu sehr mit mir verwachsen. Aber fortmüssen und drei Monate in einem ganz fremden Raum sein, wo vielleicht ein pensionierter General gewohnt hat oder eine schmutzige Frau. Und sie haben die Macht, mich zu zwingen.

Sie wusste nicht, dass jeder Mensch mit seiner täglichen Umgebung organisch verbunden ist. Dass ein Weiterrücken im Raum auch ein Weiterrücken im Leben sein muss. Und doch stöhnte sie unter dem Zwang.

Von dem Fenster seines Zimmers hatte sie einen weiten, hohen Himmel gesehen. Mit verschwommenen Kirchtürmen. Das war ihr Horizont, ihre Ferne, ihr Land gewesen.

* * *

Und nun saß sie in den staubgeschwängerten Vorstadtgärten. Ihre müden Blicke wuschen den Ruß von den welkenden Blättern. Sie dachte an einen Wald, eine grünsatte, schwelgende Fülle. Die schlank hinansteigt in abendhelles Blau. Und sie musste hier sein.

Ihre Strümpfe waren grau vom Staub, ihre Schuhe alt und faltig. Neben ihr auf der Bank erzählte ein Dienstmädchen einem anderen, sie habe fünfzig Kronen Lohn monatlich. Wenn sie aber mehr bekäme – sie roch nach Schweiß.

Im Sand lag ein vertretener Kupferkreuzer. Zwischen Kinderschaufeln und Blechkübeln. Und es rollte ein ferner Donner.

Ruth ekelte der Kreuzer. Sie dachte an eine durchlöcherte Hosentasche. Aber sie konnte nicht wegsehen. Sie starrte auf den Kreuzer, bis sie ihn doppelt sah und dann dreifach und dann vierfach und dann immer mehr, immer mehr ...

Eine einzige ineinander rollende Masse. Schmutzig kupfergelb. Schmeckt wie geschmolzenes Metall.

Ruths Schuh hatte einen Riss, quer mitten durch. Er sah wohl aus wie eine Falte. Aber es war ein Riss. Quer mitten durch.

Sie stand auf und ging durch die Straßen, wo die größten, üppigsten Geschäfte waren. Schon wurden die Lichter angezündet. Gierig aufflackernde, rote kleine Scheinwerfer.

Ruth dachte: Über meinen Schuh geht ein Riss – keine Falte – über meine Hand geht ein Riss – ist das Schmutz – und über mein Gesicht – vielleicht ist das Blut.

Sie ging hinter einer üppigen, blonden Kokotte. Nachgezogen von ihren wunderbaren, geraden, feinen Absätzen, die nicht einen Millimeter zu hoch oder zu niedrig waren. Eine keuchende Lust überkam sie, das weiche, eng anliegende Leder zu fühlen, zu streicheln, an sich zu locken.

Das Parfüm roch betäubend nach unaufrichtigen Blumen. Ruth dachte: – Es ist abscheulich, aber teuer. Furchtbar teuer. Ungezählte schmierige Kupferkreuzer. Und die lichte Flasche, auf hellrosa Seide gelegt mit der durchsichtigen Flüssigkeit. Ich möchte sie nicht berühren. Aber teuer. Nicht auszudenken teuer. Und ihre Schminke – ich könnte sie niemals darauf küssen – ist auch so teuer, oder noch mehr. Wie ich sie verachte. Aber die gelben Schuhe möchte ich besitzen –

Ein paar große, schwere Regentropfen klatschten auf das schleimige Pflaster. In den Häusern flammten protzig die Lichter auf. Schmiegsame Vorhänge wurden zugezogen.

Die große Blonde ging in ein großes Haus. Über breite Stiegen mit dicken Teppichen. Vornehme Damen kamen ihnen entgegen mit großnetzigen Schleiern vor den Gesichtern.

Sie gingen durch eine große Glastür. Es roch betäubend nach Seife, dickem Parfüm, warmen Haaren. Ein Friseur. Ein schlankes junges Mädchen in vergilbter Seidenbluse, mit zu hellem, großgewellten Schopf fragte Ruth, was sie wünsche. Ruth antwortete automatisch was ihre Vorgängerin sagte. Und wie diese wurde sie in eine Zelle geführt, wo ein gelbmarmorner Waschtisch in die Wand eingelassen war.

Eine Welle mattweißen Schaums ging über ihr Gesicht, über ihren Kopf, über die Wurzeln der Haare. Sie empfand den Duft durch die Scheitelknochen dringen, sich in das Hirn einfressen. Ihre Nerven dehnten sich weich und ringförmig. Das junge Mädchen hatte schlanke Hände mit spitzen Fingern, die nicht mehr ganz ihr eigen waren. So sehr schmeckten sie nach tausenderlei weichen Wassern.

Ruth dachte: – Sie ist sicher arm. Aber sie darf den ganzen Tag hier sein und ihre Hände sind schön und unnahbar. Am Abend geht sie nicht nach Hause. Wo sie da hingeht –

Die schmutzige Kupfermasse aus dem Sand war gelb geworden und lockte wie verwischtes Gold in der marmornen Waschschüssel.

Sie spricht nicht mit mir, – wusste Ruth, – weil ich ein verwaschenes altes Kleid trage. Es ist auch zu eng, das merkt sie sicher. Wenn sie erst den Riss über meinem Schuh sähe, oder ist es nur eine Falte? – Ruth schämte sich maßlos.

In der Zelle daneben aber plauderte die große Blonde lustig darauf los mit einem von den anderen jungen Mädchen. Sie schwatzten wie zwei Schulfreundinnen, von denen die eine ein besseres Zeugnis bekommen hat als die andere und sich daher etwas herausnehmen darf – aber sie tut es nicht viel. Die Blonde sprach immer von einem ›Er‹ – Ruth spürte, dass er ein Monokel trug und manikürte Nägel hatte – und die Blonde kicherte fortwährend. Die kleine Friseurin daneben sagte immer strahlend und bewundernd: – Aber gnädige Frau und dann sprach man von einem Armband. Ruth sah wieder in der marmorgelben Waschschüssel eine Fülle von Kristallen, in denen sich das Licht brach, sodass die Farbenmenge schwindeln machte. Sie wusste, das gibt es alles, zwei Häuser weit weg, bei dem großen Juwelier. Ich brauche nur hinzugehen. Aber nein, ich habe ja kein Geld – und ein entsetzlicher Schrecken durchfuhr sie, ob sie dem Friseur auch werde zahlen können. Sie dachte sich Unsummen aus, die es kosten müsse, ja müsse, und getraute sich nicht, ihr abgegriffenes Portemonnaie aus der Tasche zu ziehen. Wie der Mörder auf das Todesurteil, wartete sie auf den Augenblick, in dem sie vor dem glattrasierten Herrn bei der Kasse stehen musste.

Die Blonde daneben plapperte noch rascher und glückseliger. Ruth dachte in ihrer Herzensangst: Herrgott, ist sie dumm. Wenn ich nur einmal in meinem Leben so hirnverbrannt dumm sein dürfte. Ich könnte mich dann gar nicht so fürchten vor dem geschniegelten Kerl dorten. So dumm sein – das hieße ausruhen.

Sie zahlte den Preis fast weinend vor Aufregung. Drückte in die kühlen Hände des jungen Mädchens ein fürstliches Trinkgeld. Und stürzte davon wie ein ertappter Bettler.

Auf der Treppe griff sie sich unter den Hut. Da war etwas Fremdes. Waren es die kühlen, langen Nadeln, die ihr das Mädchen in den Knoten gesteckt hatte. Waren es ihre eigenen, weichen Haare, die noch warm dufteten. Und sie sehnte sich das Haar lösen zu können und den Kopf hineinzuwühlen.

Nur nicht nach Hause gehen. Dort lagen Mutters Rechenbücher. Die Lampe über dem Speisezimmertisch hatte einen fahlgrünen Schirm. Nur um Gottes Willen nicht nach Hause. Die Gassen waren alle rot, die Schaufenster waren rot und die Frauen in den großen Straßen hatten rote Wangen. Hier grüßten sich alle, hier kannten sich alle und die Luft war rot und weich.

Zwischen den Pflastersteinen lockte es schmutzig kupfergelb. Aber in den ledernen Handtäschchen der Damen blinkte es silberhell. In den Geschäften lag dick geschichtet lichte Seide, wunderbares, braunrotes Holz, fremde Blütenkelche, zarte Porzellanteller, flaumig weiche Hüte, Diamantarmbänder ...

Heute bemerkte Ruth, dass sie langsamer ging als alle andern Leute. Sie fühlte einen Taumel fremder Geschäftigkeit um sich, dem sie nicht gewachsen war. Sie suchte mitzukommen. Sie hatte doch ein Recht darauf. Sie empfand ihre duftenden Haare in einer wilden Glückseligkeit. Sie wollte mitkommen. Ihre Schultern schmerzten vor Müdigkeit. Quer über den einen Schuh lief ein Riss.

Blendend helle Buchstaben zogen sie an: Kino. Sie ging hinein, rasch, sehr rasch, flüchtend vor den zu roten Straßen und verbarg ihre Schuhe unter dem dunklen Sitz.

Neben ihr dampften verschwitzte Kleider, gewürztes Essen, unreine Haare. Das Orchester spielte Richards Lieblingswalzer.

Der Graf kam. Er fuhr in einem Auto, fast erstickt von der Blütenfülle, die er im Arm trug. Er hatte fabelhaft gerade, lange Beine. Und ein glattes Gesicht, zu sehr rasiert. Der Rauch aus seiner Zigarette musste kostbar sein.

Die Tochter des amerikanischen Milliardärs trug lange Korkzieher-Locken und strahlte mit blendend weißen Zähnen. Ihr Körper war schlank und frei wie nach einem lauen, spielenden Bad. Sie kochte den Tee für sich und den Grafen in einem bauchigen Samowar. Dieser Tee war sicher bernsteinklar und duftete durch das Zimmer, das dumpf gemacht war mit weißen Fellen und samtenen Vorhängen.

Ruth liebte die Milliardärs-Tochter. Liebte den Grafen. Schielte mit dumpfer Wut auf das verkrümmte Ladenfräulein neben sich, das an den Nägeln kaute und schnalzte.

Der Freund des Grafen, ebenso glatt, ebenso wohlgebaut. Nur trug er einen Schlapphut. War also ein Künstler.

Das Atelier. Köstliche, großgeblümte Teppiche. Glatter weißer Marmor. Hinter den Riesenfenstern Aussicht bis an das Meer. Sonnenaufgang.

Der Park des Milliardärs in Rom. Eine zitternde, flimmernde, prickelnde Blätterfülle. Kleine, schlanke Zypressen. Sonnenflecken auf der Erde, verstreut wie flache Goldgulden. Puccini. Die Milliardärs-Tochter reitet auf einem Schimmel. Lange Korkzieher-Locken, rechts der Graf, links sein Freund. Hinten ein Diener. Der riecht auch nach Parfüm, wie die Blonde heute auf der Gasse.

In der Pause sagte Ruths Nachbarin zu jemand in der hinteren Reihe: – Ja, jetzt hat er halt eine Lungenentzündung. Ich komme gerade aus dem Spital. Was soll man machen? Aber schön ist es, das Stück.

Und Ruth dachte: – Der Mann im Spital hat sicher sein ganzes Leben in einer Kellerwohnung gelebt. Moder und Schweiß. Vielleicht hat er

Schuhriemen gemacht für den Grafen. Oder Zaumzeug für seine Pferde. Aber die Milliardärs-Tochter geht nicht ins Kino, wenn der Graf krank ist. Obwohl sie ihn mit seinem Freund betrügt.

Ihr schwindelte. Sie empfand einen Abgrund zwischen sich und der Nachbarin. Zwischen sich und dem Boy, der grinsend Perolin verspreng-te. Zwischen sich und dem Grafen, der eigentlich genau so aussah, wie der Friseur an der Kasse, nur dass er so gut angezogen war. Und einen Abgrund vor der Milliardärs-Tochter, die genau so strahlende Zähne hatte, wie die große Blonde.

Nichts als Abgründe, Löcher, Klüfte, Leersein und Alleinsein. Es gibt irgendwo ein dunkles Zimmer. Schillernde Phiolen.

Die Musik setzte wieder ein mit jenem Auftakt, der so lange und proletarisch vielversprechend auf den zweiten warten lässt. Nein, nicht mehr.

Sie ging langsam nach Hause. Die Gassen waren dunkler geworden, das Licht bleicher. Und zwischen den Pflastersteinen war nicht ein Kupferkreuzer. Nur Schmutz.

Über Ruths linken Schuh lief ein Riss. Es war bestimmt keine Falte, es war ein Riss.

Sie wünschte sich den ganzen Abend: ich möchte Seidenstrümpfe haben, wie die Milliardärs-Tochter und die Blonde. Und weiche, lederne Schuhe. Aber ein anderes Gesicht. Vielleicht mein Gesicht. Oder noch ein anderes.

Zu Hause behandelte man sie mit stummer Verachtung. Sie kam nie mehr zurecht zu den Mahlzeiten. Sie ergab sich einem sträflichen Müßiggang, den Richard nicht vergaß, wenigstens einmal des Tages um die Ecke herum zu erwähnen.

Mutter schüttelte trostlos den Kopf und sagte zu Martha: – Es nützt alles nichts. Sie wird ganz wie Gustav, er ist nicht umsonst ihr Onkel. Und Vater war auch so. Wie das alles zu mir kommt?

Ruth wusch sich von nun an zehnmal des Tages die Hände mit fast zu heißem Wasser. Sie trug es heimlich in ihr Zimmer, kannenweise. Niemand durfte davon wissen, o Gott nein, es war etwas Unrechtes, das sie damit tat, etwas wie stehlen. Denn wenn sie die Hände ganz tief in die Waschschüssel steckte und das heiße Wasser durch alle Poren in sich hineinströmen ließ, schlossen sich ihre Augen und sie fühlte sich über Marmorstufen in ein tiefes, warmes Bad hinuntersteigen.

Sie misshandelte ihr Zimmer. Es war hässlich. Alte, verschnörkelte Möbel. Ein Teppich, der nicht mehr rein zu bekommen war. Der Lampenschirm aus zerschlissener Seide. Sie stülpte ihn verkehrt auf den Boden, rückte den Tisch schief in eine Ecke. – Schämst du dich nicht, wie dein Zimmer aussieht, sagte Mutter.

Sie stand vom Tisch auf, weil Agnes mit einem verbundenen Finger servierte.

Sie wollte nicht mit Mutter auf die Straße gehen, weil Mutters Mantel schon sechs Jahre alt war.

Sie warf Marthas mit farbiger Seide gestopfte Handschuhe in den Herd.

Und sie schenkte Agnes ihre neuesten Schuhe.

Es war alles gleichgültig, alles eins. Je mehr zugrunde ging, desto besser. Wozu die Heller sparen, wenn man Tausende braucht. Dann war man armselig und fast lächerlich, wie Mutter. Aber sie, Ruth, wollte lieber ganz elend sein, betteln gehen.

Die Welt lag hinter der harteckigen Wohnung. Auf den langen, gierigen Schienen rollten die Lokomotiven. Schleppten hinten in den Waggons glückliche Menschen in dunklen, einfachen Kleidern, deren Schnitt allein ein Vermögen kostete. Die legten ihre wunderbaren Schuhe auf samtene Kissen. Und dann saßen sie in hochwandigen Speisesälen und sahen hinaus über ungemessene Entfernungen.

Geld haben heißt weiterkommen. Weiterrücken im Raum. Und das heißt, Weiterrücken im Leben. Und sie steckte in ihrer Wohnung, eingekeilt zwischen Mutter, Martha, Richard und jetzt auch Norbert. Denn Norbert war sehr viel da. Mutter liebte ihn.

Einmal ging sie Martha ein Geburtstagsgeschenk kaufen. Norbert erbot sich, sie zu begleiten. Sie war unordentlich angezogen, in alten Kleidern, die ihr schlecht saßen. Sie ging durch die elegantesten Straßen. Vielleicht eben deshalb. Und weil Norbert dabei war.

Sie traten in eine der ersten Parfümerien. – Hier wollen sie etwas kaufen? fragte Norbert ganz erschrocken. – Ja, warum nicht?

Sie wählte ein halbes Dutzend der kostbarsten Seifen. Es überstieg weit den schmächtigen Inhalt ihres Portemonnaies. – Ich habe mein Geld vergessen, können Sie für mich zahlen? Norbert zahlte aus seiner biederen Geldbörse.

Auf der Straße sagte sie, totenbleich vor Erregung, heiser: – Wissen Sie, was ich da in meiner Tasche habe? Noch eine Seife, hellviolett, ich habe sie aus dem Korb gestohlen.

– Um Gottes Willen, aber das ist doch nicht ihr Ernst.

– Doch, sehen Sie, hier. Ist sie nicht wunderbar. Und so weich. Die behalte ich mir, die gehört mir, mir ganz allein. – Fräulein Ruth, nein, das ist nicht möglich, nein, kommen Sie, gehen wir zurück, gehen wir. – Gewiss nicht, ich glaube gar, Sie fürchten sich, mit mir zu gehen? Bitte. – Nein, aber Ruth, so etwas dürfen Sie doch nicht tun, Herrgott, das ist ja furchtbar. – Ach, lachte Ruth, das mache ich immer – und fast schämte sie sich, so zu lügen. Sie hielt die Seife krampfhaft fest mit der Hand umschlossen, dass die Schulter schmerzte. Und war stolz darauf. Ein gieriges Habenmüssen presste ihr die Zähne zusammen.

Sie gingen durch trübe, nachmittagsstille Gassen, die sonnenlos waren und arbeitsgewohnt. Norbert sah die ganze Zeit zu Boden und war dunkelrot. Dann stotterte er: – Wenn Sie die Seife haben wollen und haben müssen, Ruth, und Sie haben vielleicht kein Geld mehr – Sie lachte grell und höhnisch: – Nein, wie Sie um meine Seele besorgt sind.

Und dachte: Du kleinseliger Krämer du, du ahnungsloser. – Lassen Sie das, Norbert, – fuhr sie fort, – es steht nicht dafür. Es nützt doch nichts. Ich habe es vom Großvater. Der hat auch alle seine Pferde verspielt. Mutter sagt immer, mit mir nimmt es ein schlechtes Ende. Wenn ich dann ganz heruntergekommen bin und so bettelarm, dass ich einen grauen Lappen um den Kopf binden muss, wenn es schneit, wenn ich dann so ganz richtig elend bin, komm ich zu Ihnen. Sie geben mir dann etwas aus ihrer Börse, nicht wahr? – Ich werde Ihnen immer alles geben, Fräulein Ruth, aber Sie sollen nicht so sprechen. – Vielleicht komme ich auch ins Kriminal, wer kann es wissen. Aber Norbert, eines, können Sie sich vorstellen, dass man etwas haben muss, so unbedingt haben muss, dass man einem andern auch Böses tut, ihn umbringt, für Geld umbringt? Können Sie sich das vorstellen, o, so sagen Sie doch. – Ruth, Sie sind krank. – Warum denn? sowas steht doch alle Tage in der Zeitung und die Leute sind gar nicht alle krank.

Nach einer Weile sagte er noch einmal bestimmt und ohne sie anzusehen: – Wir tragen die Seife jetzt zurück. Wenn Sie das Geld nicht nehmen wollen. Es war ein Irrtum.

Ruth warf die Seife einem verkrüppelten Bettler, der an der Mauer lehnte, in den Hut und sprach im Vorübergehen: – Er soll sich auch einmal mit etwas Gutem waschen können. Und sie sah Norbert nicht mehr an und gab ihm nicht die Hand zum Abschied.

In den nächsten Tagen aber trauerte sie um das Stück Seife, wie um ein Stück verlorene Seligkeit. Sie hasste Norbert. Einmal hatte sie es gewagt und er hatte alles verdorben. Und warum – weil er dumm war, grenzenlos dumm. Sie holte lauter Detektivromane aus der Leihbibliothek und verschlang sie.

Sie versuchte Geld zu nehmen aus der Lade der Köchin. Aber es war wieder ganz unmöglich.

Sie fühlte sich umgeben von einer erstickenden Masse schmutzig gelben Metalls. Das nach Schweiß stank und den Duft exotischer Blüten in sich trug und ein Rauschen von seidenen Röcken.

Marthas Kasten war immer doppelt versperrt. Sie trug die Schlüssel mit sich in einem uralten Handtäschchen. Ruth verachtete sie deshalb. Denn was war schon in dem Kasten, wenn man ihn aufbrechen wollte? Wäsche mit gehäkelten Spitzen und ein paar ziemlich abgelegene Liebesbriefe. Eine Nagelschere und ein Nähkästchen und vielleicht noch eine Photographie. Nein, davon hätte Ruth nichts haben wollen.

Und von Richards Sachen erst recht nicht. Die waren alle abgebürstet und ordnungsgemäß aufgestellt. Nummeriert. Vom ersten Schulzeugnis an bis zur letzten Tagebuchseite. Denn Richard führte ein Tagebuch. Das war sehr genau. Es standen alle Einnahmen und Ausgaben darinnen.

Mutters Besitztümer aber steckten in vierfach verbundenen Papiersäckchen und rochen nach Lavendel.

Ruth wollte und musste etwas haben. Etwas Außergewöhnliches, etwas unsagbar Schönes, etwas Wunderbares, etwas noch nie Dagewesenes, wenigstens noch nicht in ihren düsteren Zimmern.

Als sie ihr nächstes Taschengeld bekam, ging sie durch die ganze Stadt es zu suchen. Als es schon Abend war, fand sie in einer Auslage einen Korb voll tiefroter Rosen. Festgeschlossen hingen sie schwer in den schlanken, wiegenden Stängeln. Und die wenigen Blätter, die schon offen waren, waren weich und dunkel in ihrem Innern, dass sie Ruths Kopf zur Seite senken ließen und die Augen schließen.

Sie kaufte sechs von den schönsten, strich mit den Händen über die heißen, großen Stacheln und ging mit federnden Schritten nach Hause.

Im Speisezimmer stand Richard unter der fahlgrünen Lampe und hielt eine Rechnung in den Händen. Mutter lief erregt um den Tisch und Martha stellte verdrossen die Gläser auf.

– Was ist das Ruth, fragte Richard – eine Rechnung für vier paar Lederhandschuhe? Er war ganz ruhig, zog nur die Augenbrauen ungeheuer verwundert in die Höhe. Aber seine Stimme war hässlich vor Zorn.

Mutter rang die Hände.

– Ich weiß nicht, sagte Ruth atemlos. – Du weißt nicht und was hast Du da? Was sind das für Rosen, Ruth? Du bist wohl verrückt. Du weißt nicht, was du tust. Wie treibst du dich denn herum?

– Lass die Rosen, sie gehören mir.

– Dir, dir gehören sie? Ja, was gehört denn überhaupt Dir? Du stiehlst. Du stiehlst Mutter das Geld aus der Tasche. Sollen die Handschuhe vielleicht Dir gehören? Und diese Rosen? –

Ruth dachte: Er nimmt mir alles. Alles. Aber er hat eine wohlgefüllte Geldbörse in der Tasche. Kupfergelb, silberweiß, blaue Scheine. Nur die Rosen soll er nicht nehmen, die Rosen nicht. Wenn er wirklich danach greift –

Sie war umgeben von einer schwarzen, kochenden Masse. Und erstickt griff sie nach dem Brotmesser auf dem Tisch und schleuderte es –

Ein Kreischen, ein Stoßen –

Sie war allein in ihren Zimmer.

Von der Straßenlaterne strömte weißgelbes Licht herein. Aber der Zorn tanzte noch in kochend schwarzen Klumpen um sie herum, würgte die Kehle, machte ihre Hände gierig.

Sie fuhr hinein in die blassen Fensterscheiben. Mitten durch.

Aus ihrer Handfläche quoll es langsam heraus, dunkelrot. Sie war ganz ruhig.

Aus immer mehr Stellen heraus, immer mehr. Das Blut fiel zu Boden, langsam, in dicken Tropfen.

Und ihre Augen wurden satt.

Da waren irgendwo heiße, durstende Glieder, die sich zur Ruhe strecken konnten. Und ausgekühlte Marmorbäder. Und verlöschte, grellrote Lichter.

Zu ihren Füßen lagen viele Münzen. Kupferne, silberne, goldene. Die rollten nicht mehr durcheinander. Die lagen ganz kalt, eine über der anderen.

Und das Blut fiel zu Boden, langsam, in dicken Tropfen. Und das Geld fraß das Blut.

Gott

ALS RUTH SO KLEIN WAR, dass das Kindermädchen sie sitzend auf dem Arm trug und ihr der eigene Matrosenkragen wie eine riesige, abenteuerliche Fläche erschien, sah sie an einem Abend ein Kreuz im Wald. In den Tannen hing verstecktes Gewitter. Und das Kreuz wuchs aus der felsigen Erde. Ruth fürchtete sich.

In der Nacht nahm Mutter sie zu sich in das Bett. Am Morgen hatte sie Fieber. Man zog ihr ein frisches, kühles Hemd an, legte sie in Mutters riesige Polster hinein und Mutter küsste und streichelte sie.

Wenn Ruth krank war, den ganzen Tag in Mutters Zimmer liegen durfte und von unten herauf jede von Mutters ungeduldigen, viel zu vielen Bewegungen beobachten konnte, war sie ganz zufrieden. Dann vergaß ihr kleines Hirn mit den Schwierigkeiten des Tages zu kämpfen, den grell bemalten Tapetenblumen, den Vorsprüngen auf Mutters kompliziertem Luster, der widerhaarigen Zahnbürste. Dann legte sie ihr kleines Haupt tief nach hinten und alle ihre kleinen Gedanken in Mutters zu große, harte Hände.

Mutter war groß. Mutter war allmächtig. Mutter war unfehlbar. Mutter war gütig. Mutter war edel und – Mutter war gekränkt, misshandelt von aller Welt. Deshalb wollte Ruth nicht mit den andren Kindern im Park spielen, keinem fremden Menschen die Hand reichen, deshalb fürchtete sie sich vor den Hunden. Weil ihre Mutter unter diesen allen leiden musste.

Ruth küsste im Geheimen Mutters Hausschuhe. Schluchzte die ganze Nacht durch, wenn Mutter vergessen hatte, zuletzt an ihr Bett zu kommen. Und starb vor würgender Sehnsucht, wenn Mutter auf acht Tage verreist war. Aber das durfte niemand wissen.

Richard durfte das nicht wissen, ach nein, er war ja so klug. Gewiss, er liebte Mutter. Aber er trug alle seine Empfindungen sorgsam eingeordnet in seiner schwarzledernen Brieftasche und zusammengepresst wie die Banknoten.

Martha liebte Mutter nicht. Obwohl sie an Mutters Geburtstag am eifrigsten den Tisch deckte. Aber alle Morgen stritt sie mit Mutter mit einer schrillen Stimme. Zu ihren Freundinnen nannte sie Mutter nur ›sie‹.

Zu Mutter flüchtete Ruth sich, als sie die große Angst bekam vor dem großen Gott im Himmel oben. Der gar nicht half, wenn man zu ihm betete. Der seinen lieben, wunderbaren Sohn am Kreuz hatte verbluten lassen, der es duldete, dass es eine Hölle gibt, während es ihm dort oben am besten geht. Der die Menschen in den Spitälern sterben lässt und noch will, dass man dankbar dafür ist.

Ruth bekam eine Bonne, deren winziger Koffer voll war mit Marienbildern und Rosenkränzen. Die führte Ruth in alle Kirchen. Sie fror stundenlang in den kalten, zu hohen Räumen mit den dunkel nassen Mauern. Weihrauch versperrte ihr die Kehle und der Kirchendiener hatte schmutzige Pantoffel. Vorne am Altar war Christus gekreuzigt. Rostige Nägel durchbohrten die Knochen. Das Blut war geronnen. Und er konnte nie und nie herunterfallen.

So hing er in allen Kirchen und die Menschen beteten um schönes Wetter und Glück bei ihren Geschäften. Ach, wie arm war er. Für alle hatte er sterben müssen, und keiner liebte ihn.

Eines Abends stritt Mutter mit Vater. Es war so ein kleiner hässlicher Grund, dass Ruth ihn vergessen wollte, nein, nie mehr daran denken. Vater schwieg. Mutter warf Vaters Zeichnungen auf den Boden. Vater schwieg. Ruth schlich aus dem Zimmer. In dem kleinen Gang neben der Küche drückte sie die Stirne an das Fenster und betete: Lieber Christus, ich habe dich lieb. Ich bete nicht, ich will nichts von dir, ich habe dich nur lieb ... An diesem Abend kam Mutter nicht zum Gutenachtkuss. Ruth rief nicht nach ihr. Aber sie hatte ein rotgoldenes Christusbild unter dem Kopfkissen.

Sie wollte Nonne werden. In der Abenddämmerung in niederen Kreuzgängen wandeln und über das Meer schauen und Christus lieben.

In die Messe mochte sie doch nie gehen. Wie entsetzlich war es, zu denken, dass der fettige Geistliche da vorne das reinste Blut trank. Wenn es auch für die ganze Welt gut war, es war eine ungeheure Grausamkeit – ein Verbrechen – und dass das alle Morgen geschah ...

Ruth besaß ein Kinderbuch, in dem opferten die Chinesen grell gemalten, glotzäugigen Buddhas. Vor diesem Buch graute ihr. Und vor den fetten Altären der katholischen Kirchen.

Zu Hause aber steckte sie ihren liebsten Bleistift in den Ofen – Opfer für Christus.

Dem lieben Gott versprach sie alle Tage ein Gebet mehr. Was anderes konnte sie ihm nicht geben. Als es zu viel wurde, gab sie es überhaupt auf. Und von dieser Stunde an stand sie nicht mehr gut mit ihm.

Aber sie küsste den schmutzigen Steinboden im Stiegenhaus. Christus zu liebe.

Dann bekam sie eine andere Bonne. Mit sehr roten Wangen und gekräuselten Haaren, die alle Nacht zwei Stunden lang mit der Brennschere bearbeitet wurden. Diese Bonne liebte Ruth sehr. Sie erzählte ihr ungeheuer viel von einer Baronin, die schon zweimal verheiratet war und Ruths Schuhnummer hatte und alle Monate vier Paar Schuhe brauchte. Eines Nachmittags führte sie Ruth zu der Baronin. Das Zimmer war voll mit parfümiertem Rauch und schweren Teppichen. In einem Erker saß die Baronin neben einer riesigen Palme. Sie trug einen grauseidenen Schlafrock. Seine Falten krochen über ihre müde, duftende Haut. Sie sprach lange mit der Bonne und liebkoste Ruths Zöpfchen. Sie schenkte Ruth ein Bonbon. Ruth schlief diesen Abend ein, das Bonbon in der Hand, das am nächsten Morgen als zähe Masse die kleine Faust verklebte.

Sie schrieb den Anfangsbuchstaben des Namens der Baronin auf die Löschblätter in allen Heften. Als die Bonne plötzlich fortgehen musste, weinte sie die Nacht durch.

In einem großen Hotel liebte sie einen gazellenschönen, argentinischen Knaben. Sie sprach nie ein Wort mit ihm, dachte gar nicht an diese Möglichkeit. Aber sie zählte die Stunden, bis sie ihn wieder in den Speisesaal kommen sehen könnte, neben seiner überüppigen Mutter.

An einem lichtgoldenen Frühlingstag sah sie auf dem Markt einen Korb weißer Hyazinthen. Kaum erblühter, strahlend weißer, schlanker Hyazinthen. Sie hatte kein Geld. Was sollte sie tun? Sagen, dass sie diese Hyazinthen haben musste, sehen musste, einatmen musste. Nein, niemals, so etwas spricht man nicht aus. Das ist etwas so Ungehöriges, wie die Dinge, die in den verbotenen Büchern stehen. Über so etwas schweigt man. Und wenn es nur wäre, um nicht ausgelacht zu werden. Das aber ist Schande und Schändung. Das ist so wie der gepeinigte Christus an jeder Wegkreuzung.

Im Sommer darauf bemerkte sie zum ersten Mal, wie sich das saftige Grün der Buchenblätter in die Sonnenbläue des Himmels schmiegt. Und sie berührte schüchtern das Waldgras, das hoch und gebogen war, während auf den Felsen die Erde duftete. – Geh nicht in den Wald, sagte die Mutter, dort sind Holzhauer und Schlangen.

In diesem Sommer wuchs Ruth überraschend schnell und bekam kräftige, braune Arme.

Im nächsten Winter entbrannte sie in wilder Leidenschaft für Napoleon. Der mit gekreuzten Armen über die Menschen gegangen war und sie zertreten hatte.

Damals war es, dass Ruth eine Macht über sich fühlte, die sie fausthart in die Knie zwang. Und von der ihre weichen, unentwickelten Gelenke sich in sehnsüchtiger Wollust kneten ließen. Sie wollte nicht lieben, nicht Liebe empfangen, aber unterworfen werden.

Im hintersten Winkel des Kleiderkastens war ein wunderliches Gemisch von Kostbarkeiten: Eine falsche Rose, die Mutter getragen hatte als sie einmal in das Theater ging und so besonders schön war. Gepresste Zyklamen[6] aus dem Buchenwald. Das rotgoldene Christusbild. Eine Unterschrift der Baronin aus einem Brief an die Bonne. Ein Ausschnitt aus einem französischen Werk über Napoleon. Und das Wort Beethoven mit roter Tinte auf die verkehrte Seite einer Visitkarte geschrieben.

Wenn Ruth ihren Kasten zusammenräumte, wischte sie diese Dinge mit einem Batist-Taschentuch ab. Jedes war einzeln in weißes Seidenpapier gewickelt und mit Christbaumschnüren zugebunden. Ruth rührte aber keines gerne an. Sie fürchtete den Tag, wo ein quälendes Gewissen sie dazu trieb, alles frisch zu ordnen und neu einzuwickeln. Sie wusch sich vorher dreimal die Hände und fürchtete, dass ein unreiner Atemzug diese Heiligtümer beleidigen könnte.

Denn das alles waren Heiligtümer, nicht Erinnerungsstücke. Kleine, nichtige Gegenstände, vollgetränkt mit dem Empfinden einer überströmenden Liebe. Und als Christus, als die Baronin, als Napoleon Ruth fremd geworden waren, behielten die einzelnen Dinge doch ihre seltsame Macht. Ja, diese Macht war sogar gewachsen, wenn das Ideal tot war. Und noch unbegreiflicher, furchteinflößender geworden. Es war besser, man berührte diese Gegenstände nicht, ging ihnen aus dem Weg und sperrte den Kasten zu. Wodurch allerdings auch der Schlüssel lebendig wurde und schwer zu behandeln.

---

[6] *Zyklamen:* Alpenveilchen

Es kam noch vielerlei dazu. Schmächtige Seidenfransen, die sie einem Freund Richards, einem langlockig, grobbeinigen Menschen von seinem Kragenschoner weggeschnitten hatte. Ein weißblondes Haar der Englischlehrerin. Und noch vieles andere. Es gibt keine Kirche, die so viele Reliquien hat wie Ruths Kleiderkasten.

Einmal saß Ruth bei dem Speisezimmertisch und sollte eine Schulaufgabe machen. Mutter saß mit ihren Rechenbüchern daneben. Da kam ein Dienstmädchen herein, die Mutter einst wegen Diebstahls hinausgeworfen hatte. Die brachte ihr Kind. Mutter schob alle Rechenbücher beiseite und nahm den Säugling auf den Arm und küsste und hätschelte ihn. Ruth sah sich wieder ganz klein und der Mutter so nackt und hilflos überlassen, wie dem lieben Gott selbst. Sie zeichnete Mutters Kopf in ihr Schulheft.

Onkel Gustav erklärte, sie sei ein Genie. Mutter war stolz. Sie hatte in ihrer Jugend selbst viel gemalt, große, bunte, talentierte Bilder. Man schickte sie in eine Zeichenschule. Und dort war Hilde.

Wenn die Sonne aufgeht, brechen alle Pflanzen aus der Erde und die Steine werden licht. Denn das ist die große Kraft.

Wenn Hilde in das Zimmer kam, wurde der Raum weiter und höher. Und durch alle Muskeln zuckte Ungeduld und Sprungkraft. Denn sie besaß große Kraft.

Sie sehen, hieß einen Trunk frischen Wassers tun. Und vor Ruth sanken die schwerblütigen Vorhänge der elterlichen Wohnung in einen fetzigen Haufen zusammen. Und sie verstand, dass es wichtiger war Fensterscheiben zu zerschlagen als einem Bettler ein paar Kreuzer zu schenken. Denn die Sonne muss hereingelassen werden. Sie ist die große Kraft.

Mit Hilde konnte man nicht sprechen. Ihre Nähe war grell und fast schmerzhaft laut. Ruth flüchtete vor ihr. Alle Reliquien durften verstauben.

Hilde reiste nach Italien. Sie sah Hilde nicht mehr. Ein greller Funken hatte ihr Leben grell gemacht, ganz kurz, momentan. Sie war feige und blieb in der Dämmerung. Aber sie kannte das Licht. Und wartete.

Während aus dem Graugelb leerer Nachmittage er herauswuchs, riesengroß und dunkel. Und sie saß bei ihm alle Wochen, alle Tage. Und trank die Worte abgelebter Erinnerungen, die noch leben möchten. Dumpfer Männernächte, die ihre Kinderhände weinen machten.

Er war ein Gott. Die Maske fiel.

Er war ein armer Mensch. Die Maske fiel.

Er war ein Schuft. Wird noch eine Maske fallen.

* * *

Ruth saß am Sonntag in dem großen Dom. Die Orgel spielte und vor den brennenden Kerzen lag die Menge.

Ruth hörte auf das ewig gleiche Thema der Orgel und wusste, dass draußen ein eintöniger Regen fiel. Die nassen Kleider der Leute stanken in den Weihrauch hinein. Sie saß ganz hinten, in einer dunklen Bank. Vor ihr war eine alte Dame in schwarzem Schleier. Die betete halblaut.

Ruth dachte: mit wem spricht sie da. Gott – das ist eine Maske mit gerader strenger Nase und weißem Bart. In jeder Spielwarenhandlung zu kaufen, wenn erst Fasching ist. Christus ist tot. Gekreuzigt. Sie soll sich nicht zum Narren halten lassen von den Reliquien hinter dem Gitter. Das sind Masken für nichts. Ich möchte meinen Schrank verbrennen. Mutter macht uns alle unglücklich, weil sie nicht glücklich sein kann. Das Muttersein ist Maske. Dahinter steckt ein furchtbarer Mensch. Und die Liebe bei der Baronin mit dem parfümierten Rauch macht Übligkeiten[7]. Sie soll nicht lächeln. Es ist eine Krankheit in ihr. Maske. Napoleon hat die Welt unterworfen weil er die größte Maske trug. Alle Buchenblätter sind faul und die weißen Hyazinthen verwelkt, verkrümmt.

Sie zog einen Taschenspiegel aus ihrem Handtäschchen. – Da sitze ich in der Kirche bei der Komödie. Warum schrei ich denn nicht. O ich bin gesittet. Und mein Gesicht ist nicht verzerrt. Ich trage ja auch meine Maske. Aber die Augen sind furchtbar. Ich habe Angst vor mir.

Ob Hilde auch eine Maske hat –

Aber er trägt viele tausend Masken. Nein, er weiß gar nicht, welches sein wahres Gesicht sein könnte. Lauter weiche, schmiegsame Masken, innen etwas faul. Grünbleich und müde. Ach, und sich hineinlegen können und ausruhen ...

Als sie aus dem Tor herausging, traf sie Onkel Gustav und Richard. Beide zogen den Hut vor der Kirche. – Warum tut ihr das, sagte Ruth ärgerlich, ihr glaubt ja doch nichts.

– Das macht man so, sagte Onkel Gustav verlegen.

– Ruth, du bist wieder einmal dumm, erklärte Richard.

– Aber ein Tier tut das nicht, sagte Ruth und streichelte Onkel Gustavs namenlosen Hund.

---

[7] Beschwerden, Unwohlsein

Gute Familie

Martha unterrichtete in der Schule, die Norberts jüngste Schwester besuchte. In der sie selbst ihre erste und letzte Bildung empfangen hatte und wo Ruth einmal fast hinausgeworfen worden war, weil sie öffentlich zu erklären wagte, vor der französischen Grammatik brauche man den lieben Gott nicht im Gebet anzurufen.

Mutter hatte darauf gehalten, dass ihre Töchter diese Schule besuchten und keine andere. Es war die vornehmste Schule der Stadt, die Bürokratenschule. Es galt als Zeichen von Ruths Dummheit, dass sie nicht einmal in dieser Schule gute Noten bekommen konnte.

Ruth dachte niemals an ihre Schuljahre zurück. Sie mied den Weg, der an der Anstalt vorbeiführte. Sie empfand schon in der Nähe des Hauses den dumpfen Tintengeruch aller der Rehleder-Fleckchen, die zu besitzen dort so streng verlangt wurde und die sie immer verlor. Französische Verben, verwischte Diktate, alte Butterbrote, schwarze Clothschürzen[8] mit knallblauem Rand und das unbedingte Bedürfnis, sich auf den Tisch zu setzen, jetzt, gerade jetzt, weil das so entsetzlich unpassend ist.

Vor allem aber hielt sie ein wurmendes Schamgefühl zurück, wenn sie sich an diese Zeit erinnerte. Sie wollte nicht eines sein mit dem faulen, boshaften Fratzen, der der Mademoiselle alles nachwies, was sie in Geschichte falsch unterrichtete, ihre gefärbten Haare bewunderte und stundenlang darüber grübelte, was sie ihr Verletzendes sagen könne. Denn die Mademoiselle war dumm. Es war eine Unverschämtheit, andere belehren zu wollen, ohne klüger zu sein. Das einzige, was Ruth aus der Schule brachte, war ein glühender Hass auf den Kardinal Richelieu. Der bestimmt der Mademoiselle ähnlich gesehen haben musste, ihre kaltadrige, rote Gesichtsfarbe gehabt hatte und ihre steifglänzenden Halskragen. Damals hatte Ruth den Hass gelernt. Nicht den hochlodernden, kämpfenden. Aber den sich ekelnden, nagenden, den man gegen Fleischfliegen hat und Maden. Den allerunbarmherzigsten.

Und damals hatte Ruth die Rohheit kennengelernt, die nicht zögert, sich selbst zu beschmutzen. Als ein Kind der Schule gestorben war, kam der Literaturprofessor wankend in die Klasse. Er war ein kleiner, lächerlicher Mensch mit strohgelb in die Höhe stehenden Haaren. An die Tafel

---

[8] *Clothschürze (eng., deut.):* Baumwollschürze

gelehnt, schluchzte er überlaut, wischte sich die Tränen ab mit einem blauen Taschentuch, schnäuzte sich – und dazu musste ein Mädchen ein ganz blödsinniges Lesestück vorlesen. Da begannen alle Kinder zu lachen. Und Ruth mit ihnen, sie zerbiss ihr Taschentuch – er weinte ja auch immer, wenn er von Theodor Körner sprach.

O die viele, viele Schande, die sie dort erdulden musste. Alle Morgen eine Krankheit erfinden, um nicht hinzugehen. In einer Zeit, wo der unbeugsame Kindersinn nach unbedingter Reinheit verlangt und der geringste Schmutzfleck ratlos macht und ausliefert.

Konnte man je wieder rein werden, wenn man in diese Schule gegangen war? Wo alle unterdrückte Sinnlichkeit der vertrockneten Lehrerinnen unter den Bänken wieder erwuchs, aufgezogen von der schmierigen Neugier halbwüchsiger Kinder, die von Liebe nichts wissen dürfen. Ruth wurde später rot, wenn sie an die Gespräche dachte, die sie mit zwölf Jahren hören und führen musste. Und dann wurde alles verraten. Und ein Kind wurde ausgeschult, weil es die Tochter einer Schauspielerin war.

Nein, an diese Schule durfte man niemals zurückdenken. Ruth wich Martha aus, wenn sie des Morgens dorthin ging. Sie hätte sie bedauert, wenn sie sie nicht so maßlos verachtet hätte.

Es war ganz selbstverständlich, dass Norberts Schwester diese Schule besuchte.

Norbert kam nicht mehr bloß Samstag. Er kam auch Mittwoch. Jeden Mittwoch und Samstag zum Mittagessen. Vorher spielte er noch mit Gustav zwei Sonaten, eine neu und eine, die sie schon das letzte Mal gespielt hatten. Ruth kam an diesen Tagen immer zu spät nach Hause.

Ruth verachtete Norbert. Diese Verachtung war mit einem ihr sonst fremden Ekel untermischt. Der sich bis zur Wut steigern konnte, wenn er sie über den Tisch herüber ansah, hundetreu und Vertraulichkeit vortäuschend.

Mutters Vorliebe für Norbert stieg immer mehr. Martha konnte gar nicht aufhören, mit Norbert zu sprechen. Er gab als Mitglied seiner Kaste etwas verächtlich Auskunft über die Familienchronik der Stadt – aber immer als Mitglied seiner Kaste. Martha bekam hektisch rote Wangen. Ruth dachte: Mein Gott, wie wenn ich den ›Uilenspiegel‹ von *de Coster* lese. Aber da ist es nicht ein Mensch, ein Volk, eine Welt, nur eine ehemalige Tanzstunde.

Deshalb hatte sie Martha in den letzten Jahren beiseite liegen lassen. Neben ihr starb eine Seele in der Sehnsucht nach dem Gelobten Land.

Eines Mittags kam ihr auf der Straße ein ältliches Fräulein entgegen, trotz der lichten Sonne in einem langen, grauen Regenmantel. Scharfe Nase, weltfremde Augen, unter dem Arm eine Aktentasche. Ruth dachte: Lehrerin, die hat heute sicher ein ungezogenes Kind gequält. Vielleicht so eines wie ich war.

Sie ging weiter. Um die Ecke herum begegnete ihr Martha, die eben aus der Schule kam. Sie hing sich hastig an Marthas Arm und fragte einige ganz überflüssige Fragen. Martha antwortete mürrisch. Ruth dachte: Um Gottes Willen, vielleicht sieht sie in ein paar Jahren so aus wie die andere, die Lehrerin von vorher. Nein, das ist unmöglich, das darf nicht sein.

Derselbe glühendheiße Druck legte sich ihr zwischen die Brust, den sie als Kind empfunden hatte, als der Arzt sagte, dass Vater sterben müsse. Sie hatte sich in einem Kasten versteckt und schrie in sich hinein: unmöglich.

So ging sie heute neben Martha. Bei einem Blumenweib blieb sie stehen und kaufte ein winziges Büschelchen Veilchen. – Ruth, um diese Jahreszeit. Du fängst also schon wieder so an mit dem Geld. – Nimm sie. – Unsinn. – Bitte. – Nein, könnte mir einfallen.

Ruth hielt die Veilchen ganz tief unten. Nur nicht Weinen vor Zorn. Pfui Teufel. Und Marthas Schleier hatte ein Loch quer über die Wange hin. Ach, was ging diese langweilige Person sie eigentlich an. Sie ließ die Veilchen in den Rinnstein fallen, knapp bevor sie in das Haustor traten und sprang voraus über die Stiegen.

Dann aber schalt Mutter mit Martha kreischend laut und ungerecht. Ruth stand im Nebenzimmer mit geballten Fäusten. Mutter schrie. Martha schwieg. Ach, da war wieder der entsetzliche Druck, der brennende Druck – Angst –

Ruth warf eine alte Porzellanvase zu Boden, dass die Splitter sprangen. Mutter stürzte wütend herein. Sie schüttelte Ruth und stampfte mit dem Fuß auf die Scherben. Aber sie war wieder gut mit Martha. Denn Martha jammerte mit.

Ruth weinte so lange, dass sie am Abend krank war und in das Bett gesteckt wurde. Mutter brachte ihr besonders aufgegossenen Tee und setzte sich an den Bettrand wie in alten Zeiten. Aber Ruth drehte den Kopf weg. Das Licht schmerze sie. Plötzlich sagte sie: – du hast Martha nicht gern. – Was soll das heißen? – Du hast Martha gar nicht gerne. Weil sie hässlich und unglücklich ist. Hässliche und unglückliche Menschen mag man nicht. Ich liebe Martha auch nicht, o nein. Aber ich will nicht mehr mit ihr streiten.

Und nach einer Weile: – Weißt du Mutter, eigentlich wünsche ich, dass Martha auch aus dem Fenster gesprungen wäre, wie ihre verrückte Freundin voriges Jahr. Wenn sie es heute noch tun wollte, ich glaube, ich würde ihr helfen und – Ruth, Mutter stand vor dem Bett, dunkelrot – du willst also, dass ich hinausgehe ... Nein Mutter, ich habe nur manchmal so Angst. Aber wenn du gehen willst, gib mir etwas zu lesen, irgendein Buch, nur etwas, was gerade auf dem Tisch liegt. – Schillers Dramen? – Nein, nicht das. Wozu. Ich sage dir, heute Mittag habe ich auf der Straße im Sonnenschein eine Frau gesehen, viel, viel schlimmer als die Maria Stuart, bevor sie auf das Schafott geht. – Du träumst. – Nein, ich habe die Augen offen, sehr weit offen – gute Nacht Mutter.

Ruth versuchte nicht mehr, mit Martha zu sprechen. Aber in den nächsten Tagen vergaß Martha, als sie in das Theater ging, den Schlüssel ihres Kastens abzuziehen. Ruth schlich in ihr Zimmer. Ihr Herz klopfte in die Kehle hinauf. Sie verschloss die Tür. Sie dachte: jetzt mache ich etwas Niederträchtiges, Schmutziges. Aber ich kann ihm nicht entgehen, es geschieht von selbst, notwendig –

Sie fand nichts, nein, sie fand gar nichts in dem Kasten, nicht einmal die Photographie, die sie erwartet hatte. Wozu sperrte denn Martha den Kasten immer auch dreifach zu. Nur ein Buch lag da, in Leder eingebunden, mit vorgedrucktem Datum, darinnen standen alle Theater, Vergnügungen, Bälle und Tänzer.

Ruth empfand wieder den Geruch von Gaze, Spitzen, gebranntem Haar, Straußfedern und frischen Blumen, die alle nach Parfüm und Puder schmeckten. Jene festliche Erregung, die die ganze Familie bis zur Hausmeisterin hinunter beherrschte, wenn Martha mit Mutter auf einen Ball ging. Die ihr Kinderherz nicht schlafen ließ und an rauschende Seidenröcke denken und blonde Prinzessinnenlocken.

Heute Abend war sie mit Mutter allein beim Abendessen. Mutter sollte erzählen.

Mutter tat das gerne, leichthin, ohne Ruths brennendes Interesse zu spüren. Ruth zerkrümelte das Brot über das Tischtuch.

Mutter sagte: – Du brauchst nicht glauben, dass Martha immer so war, wie sie jetzt ist. Sie ist ein armes Mädchen, aber gut. Und du bist manchmal sehr abscheulich zu ihr, Ruth. Da ist Richard ganz anders. Er ist doch immer so rücksichtsvoll, das hat er bei Martha am besten gezeigt. Gott, das ist schon lange her und von so etwas spricht man lieber nicht mehr. Überhaupt zu dir, du könntest eine Bemerkung machen –

– Natürlich. Ich verstehe nicht, warum du dann davon redest? Was es schon sein wird, sie wird eben ein Kind bekommen haben.

– Ruth, so etwas sagst du zu mir? Wie du jetzt immer sprichst. Mit wem gehst du eigentlich um? Schon in der Schule hast du dir immer die Minderwertigsten ausgesucht. Bei Martha war das ganz anders. Wenn du wüsstest mit wem Martha verkehrt hat –

– Das hat ja auch herrliche Folgen gehabt.

– Martha war immer nur in den besten Familien eingeladen. Die Leute haben sich um sie gerissen. Sie war hübsch und liebenswürdig. Alle haben ihr den Hof gemacht, wie toll. Menschen wie Norbert –

– O weh ...

– Ja, das ist dir natürlich zu gut. Aber ich sage dir, Martha hat ein schönes Leben gehabt und war glücklich. Das verdankt sie mir.

Ruth bückte sich, um die Serviette vom Boden aufzuheben.

– Du weißt eben gar nichts. Wenn du eine Ahnung hättest, wer Martha heiraten wollte –

– Und warum hat er es nicht getan?

Mutter erzählte von dem jungen Baron, der Martha so sehr geliebt hatte.

Ruth dachte: Sicher hat er ihr Blumen geschenkt beim Kotillon[9].

Der Baron reiste ihnen nach, einen Sommer lang. Man wohnte in den feinsten Hotels, o, es kostete ein Vermögen. An der Ostsee. Martha trug nur Pariser Toiletten. Am Abend saß der Baron mit ihr und Mutter bei Champagner auf bis zwölf Uhr, jede Nacht bis zwölf –

Ruth dachte: Warum ist sie nicht lieber am Strand mit ihm spazieren gegangen und hat ihn geküsst.

Alle Morgen standen Blumen auf dem Frühstückstisch. Und Martha wusste ihre Haltung zu bewahren –

Ruth fragte: – Warum?

Aber Mutter erzählte weiter, stolz, glückselig.

---

[9] *Kotillon (franz.):* alter Gesellschaftstanz

Sie waren allein in dem Bad. Ruth und Richard waren zu Hause. Der Baron hielt Vater für einen großen Unternehmer –

Ruth dachte: Vaters arme Zeichnungen.

Und dann im Herbst waren sie verlobt. – Mutters Stimme brach fast ab. – Ganz richtig verlobt. Natürlich geheim. Aber er kam alle Tage zum Abendessen und war mit Richard eng befreundet. Richard hätte damals in ein Ministerium kommen können. Ach, es war herrlich ...

Mutter schwieg. Ruth fragte: – Nun, und? ... Und nichts.

– Was heißt das?

– Die Verhältnisse.

– Die Verhältnisse also, das heißt, dass Vater kein Unternehmer war, dass ihr geschwindelt habt.

– Ruth, was sagst du mir da? Mir, die ich immer dem Glück meiner Kinder gelebt habe. Richard sollte dich hören. Ja Richard überhaupt ... Wir fuhren zu Weihnachten in das Gebirge. Du hattest Keuchhusten. Erinnerst du dich –

– Ja, da war der Tierarzt.

– Richtig. Nun und wenn Richard nicht so energisch aufgetreten wäre. Martha war zu jeder Dummheit bereit. Der Landtölpel –

Ruth sah vor sich den bärenhaft trotzigen Menschen, mit den zarten Händen und der Bauernsprache, auf dessen Rücken sie oft genug geritten war.

– Mutter, das ist eine Gemeinheit.

Richard und Martha kamen aus dem Theater nach Hause. Norbert war auch dort gewesen. Ruth hatte Norbert am Abend vorher beleidigt. Richard sagte: – Natürlich, du kannst immer nur rüpelhaft sein. Es ist wirklich schade, wenn ein Mensch aus guter Familie zu uns kommt.

Ruth sprang auf: – Ich glaube, ihr wisst alle nicht, wer Vater war.

Und sie drehte Vaters Photographie an der Wand um.

Am nächsten Tag suchte Ruth ein junges Mädchen auf, dessen Verkehr ihr von Mutter streng verboten war. Sie hatte sie in einer Nähschule kennengelernt. Das junge Mädchen hatte grellrote Haare, die sie zu hoch hinaufgesteckt trug. Sie lebte mit ihrer Mutter in einem schäbigen Vorstadthaus, aber in der Wohnung waren viele Teppiche und Erker mit heimlichen Palmen. Sie verkehrten nur mit Offizieren.

Ruth traf Mutter und Tochter, wie sie sich eben manikürten. Sie wurde mit überströmender Liebenswürdigkeit empfangen. Aber sie hasste manikürte Nägel, die rund und glatt sind, wie Klauen von Tieren. So war sie kühl, obwohl sie sich vorgenommen hatte, herzlich zu sein. Als Bella sich an den Toilettentisch setzte, wo die vielen silberglänzenden Schächtelchen waren und die rote Lampe darüber hing, bekam sie eine tolle Lust, mitzutun. Sie schmierte sich rotes, weißes, gelbes Puder vermischt über das Gesicht, bis Bellas Mutter in einen Lachkrampf ausbrach und sie in die Arbeit nahm.

Als sie sich dann in dem Spiegel betrachtete, von der Seite her und verlegen vor sich selber, war das genau so, wie wenn sie sich vor Jahren mit Marthas Garderobe zur *Jungfrau von Orleans* drapiert hatte. Das war ja herrlich, so ganz jemand anderer zu sein, als man wirklich ist. Verlockend und spielerisch. Maske. Ein bisschen wie der liebe Gott mit dem weißen Bart. Nur dass die Schminke rot war.

Und alle Lampen in diesem Haus waren rot. Sie fiel Bella um den Hals und beide tanzten durch das Zimmer.

Dann kamen drei Herren. Zwei Offiziere und ein Theaterdirektor. Sie saßen in einem halbdunklen Raum und tranken Tee aus winzigen Tassen. Der Zigarettenrauch war klebrig schwer. Man konnte nicht mehr sehen, dass die Wände überfüllt waren mit Photographien, Bilderchen nackter Engel und trockenen Maiskolben.

Aber es war sehr lustig. Direkt gemütlich. Ruth fühlte sich wunderbar wohl. Sie spielte ihre Rolle, als ob sie ihr von dem liebenswürdigen Theaterdirektor eigens einstudiert worden wäre. Eigentlich wusste sie nicht genau, ob nicht daneben ein Orchester spiele mit kreischenden Fiedeln und ein Boy unter ihr Perolin aufsprenge.

Ein Leutnant mit etwas herunterhängender Unterlippe setzte sich an das Klavier und spielte eine abscheuliche Melodie. Bella sang dazu ein schmieriges Lied. Dann setzte sie sich auf seinen Schoß und er küsste sie. Er hatte große, schwarzgerauchte Zähne. Ruth dachte an Norbert. Ekelhaft.

– Ich muss nach Hause gehen. O man war sehr betrübt darüber. – Aber ich komme bald wieder. Und Ruth setzte sich den Hut schief in die Stirne hinein und quer über ihr gerötetes Gesicht.

Auf der Straße verfolgte sie ein Mann bis in ihr Haus.

Bei Mutter war Besuch. Eine Freundin Mutters mit drei unverheirateten Töchtern. Die alte Frau machte eine verwunderte Bemerkung, dass Ruth so spät abends allein nachhause käme. Die drei Schwestern schielten eigentümlich auf den schiefsitzenden Hut. Und die Älteste öffnete den

Mund, um etwas Boshaftes zu sagen. – Da ging Ruth aus dem Zimmer. Ihr war ja so übel.

Bella war glücklich. Die drei Mädchen da drinnen zankten sich alle Morgen. Gingen dann einträchtig den ganzen Vormittag Einkäufe machen für ihre unbedeutende Wirtschaft. Trafen bei dieser Gelegenheit Bekannte, die sie grüßten, mit denen sie sprachen. Nie ging eine allein auf der Gasse. Immer waren sie zu zweit oder zu dritt und gewöhnlich war die Mutter zwischen ihnen.

Sie warteten ihr ganzes Leben, dass einer käme. Aber einer, der vornehm war. Eigentlich war es dasselbe wie bei der Prinzessin im Märchen. Und sie, Ruth, wartete auch. Nur dass sie so gar nicht wusste auf was. Bella war glücklich. Die hatte alle Tage ihren Leutnant. Aber der hatte schwarze Zähne.

Martha war arm. Doch sie hatte einen Gott. Der saß an erster Stelle in einem hohen Amt. Vielleicht hatte er auch einen weißen Bart. Sie, Ruth, hatte keinen Gott mehr. Sie war wie Gustavs namenloser Hund. Aber sie konnte selbst eine Maske anziehen. Gott werden für Bella, für den Leutnant, für den Theaterdirektor. Vielleicht auch für Mutter. Es war eine Bosheit, wenn sie es nicht tat. Ach, wozu so viel denken, überhaupt, lieber Masken tragen und ganz anders sein – und schlafen – sie streckte sich lang aus in ihrem zu kleinen Bett ...

In der Nacht träumte sie von einem breitästigen Baum voll dichter, gelbwelkender Blätter und rosa Riesendolden. Sie stand auf der Brücke und der Baum war weit draußen in einem dunkelglatten See. Aber hinter ihm stieg ein Berg auf mit beschneiten Tannen und die Luft war bleich, wie im Winter. Der Baum hing voll schwerer rosa Blütendolden. Über die Brücke kam Mutter mit ihren gierig fordernden Bewegungen, die immer alles haben wollten und deshalb so ungeheuer armselig waren. Hinter ihr ging Martha in einem rosa Ballkleid. Aber die Augen waren geschlossen und die Wangen gelb. Ruth stand auf der Brücke und sie war ganz klein, hatte kurze weiße Socken an, ein weißes Matrosenkleid mit hellrosa Kragen. Oben auf dem Berg begann es sicher zu schneien. Und Mutters Haare waren weiß.

Am nächsten Tag brachte Norbert eine Einladung seiner Mutter für die ganze Familie. Zu einer kleinen Gesellschaft, wie er leichthin sagte. Dabei sah er Ruth an. Ruth sagte: – Ich gehe nicht in Gesellschaft.

Aber nachher musste sie gehen. Sie war die Jüngste und musste Martha begleiten. Das sah so am besten aus. Mutter ließ ihr Abendkleid herrichten und kaufte Lederhandschuhe und Seidenstrümpfe. Da fand Ruth, dass die Sache eigentlich doch dafür stehe. Sie setzte sich vergnügt auf den Tisch und probierte die Seidenstrümpfe an. Richard kam in das Zimmer. Mutter rief: – Ruth, schämst du dich nicht. – Nein du hast sie mir ja gekauft, damit man sie sehen soll.

Sie machte einen langen Spaziergang durch Kot und Regen und erklärte dann, die Strümpfe seien zerrissen und schmutzig, einfach unbrauchbar. Und sie ging ohne Seidenstrümpfe zu Norberts Eltern.

Norberts Schwester war ein halberwachsenes Ding mit zu kurzer Oberlippe und vornehm tiefer Stimme. Sie grinste allen Gästen zu und war übertrieben freundlich mit einer unscheinbaren, dicklichen Freundin. Der Salon war verschnörkelt, Gold in braunem Holz, mindestens drei überflüssige Tische standen da und in der Ecke hing ein großer Makart[10]. Sonst unzählige Photographien in kostbaren Rahmen und konventionelle Geschenk-Vasen.

Ruth dachte: Ich möchte wissen, wer in diesem Raum zu Hause ist. Norbert nicht, er tut nur so, wenn er die Zigaretten anbietet. Sonst aber passt er noch besser an unser Klavier. Und seine Mutter auch nicht. Was für eine proletarisch dicke Nase sie doch hat und der lose, ungebändigte Mund – nein, die habe ich mir ganz anders vorgestellt. Aber sein Vater hat einen eleganten, schneeweißen Scheitel. Und das ist auch alles.

Norberts Braut kam zu ihr und war besonders freundlich. Sie war ein hübsches, liebes Mädchen mit gerader Nase und langen, hellgrauen Augen. Ruth fand, dass Norbert einen sehr vernünftigen Geschmack habe. Ihr gelblicher Spitzeneinsatz passte wunderbar zu seiner grauen Weste.

Ruth merkte wohl, dass man sie wie ein kleines Tier aus der Menagerie betrachtete. Weil ihr Kleid keinen Kragen hatte und die Haare eigenwillig um die Stirn herumstanden. Norberts Freunde schauten ihm eigentlich alle ähnlich. Lauter Menschen, die man erst monatelang sehen muss, um zu wissen, wie sie aussehen. Wenn man denen allen die Hände abschneiden wollte, man könnte die einzelnen Paare durcheinander werfen und

---

[10] *Hans Makart* (1840 – 1884), österreichischer Maler

sie wären nicht zu unterscheiden. Wie alle ihre Krawatten und Handschuhe. Ruth lachte bei dem Gedanken und wollte gähnen.

Da kam ein Leutnant zur Tür herein mit herabhängender Unterlippe und dunklen Zähnen. Um Gotteswillen, was wollte der hier. Den hatte sie ja bei Bella getroffen. Nur dass er heute im Waffenrock war und ganz frisch rasiert.

Er wurde mit Jubel begrüßt. Norberts Vater schüttelte ihm beide Hände. Er lächelte nach allen Seiten auf einmal. Aber vor Ruth verbeugte er sich dunkelrot vor Bestürzung. Sie sagte strahlend: – Uns brauchen sie einander nicht vorzustellen, Norbert, wir kennen uns schon.

Ruth war nicht mehr schläfrig. Ein Interesse, dass sie erwachen gefühlt hatte, als sie mit Bella und deren Freunden Tee trank, trieb sie unter die Leute. Sie schwatzte. Aber dabei verfolgte sie fortwährend den Leutnant. Er wich ihr aus.

Man bat den Leutnant stürmisch, etwas auf dem Klavier zu begleiten. Neueste Chansons. Norberts Braut sollte singen. Sie hatte doch so eine entzückende, kleine Stimme. Aber er wollte heute nicht. Ruth trat vor und sagte, liebenswürdigst lächelnd, während ihre grünen Augen forderten: – Du musst – Spielen Sie doch das von dem kleinen Hotel, Sie wissen schon.

Und er trat vor und spielte es. Ja, spielte, was er bei Bella gespielt hatte, was Bella gesungen hatte. Und – war denn das möglich? War das möglich, dass Norberts Braut dazu sang mit ihrer zarten Mädchen- stimme, diese Worte? War es möglich, dass man rasend Beifall klatschte und Norberts Mutter duldsam lächelte, während sein eleganter Vater sich köstlich unterhielt? Nein, da war etwas, worüber man nachdenken musste.

Ruth setzte sich in eine Ecke. Gleich darauf kam der Leutnant. Er redete schlüpfrige Dinge und nahm ihre Hand. Sie ließ ihn gewähren, sie war interessiert, brennend interessiert.

– Sagen Sie Herr Leutnant, singt man dieses Lied jetzt überall? – Ja, es ist sehr beliebt. – Ach, ich dachte, das singt nur Bella. Es ist abscheulich. – Gnädiges Fräulein scheinen sehr streng zu sein. – O nein, ich hasse nur schlechte Musik.

Der Leutnant redete weiter. Dinge, süß wie zerlaufener Tortenüberguss und prickelnder Champagner. Eigentlich hatte er eine hübsche Nase und schöne Augen mit klugen Wimpern. Wenn nur der Mund nicht so schmierig gewesen wäre.

Sie sprachen von dem Makart-Bild. Der Leutnant behauptete, in Norberts Zimmer hänge ein noch viel schöneres. Sie möge ihm doch folgen. Nein, dachte sie, ich bin doch zu neugierig. Und sie ging mit ihm. Aber sie ballte die Fäuste.

Die Gesellschaft hatte sich zerstreut. Der Leutnant führte sie durch ein dunkles Zimmer in Norberts Zimmer. Er zündete kein Licht an. Und küsste sie.

Ruth dachte in der Sekunde: Norbert – wie er mich liebt – sein Zimmer – die Braut – das Lied – also so ist das – aber die schwarzen Zähne – so ist das – Dabei schlug sie dem Leutnant mit der Faust ins Gesicht.

Er schrie auf, halblaut. Dann flüsterte er: – Gehen Sie, gehen Sie rasch. – Sie sagte: – Grüß Gott, Herr Leutnant und ging wieder in den Salon. Auf ihrer Hand war ein Blutfleck. Den wischte sie sorgsam ab in einem hellblauen Seidenvorhang. Dann mischte sie sich unter die jungen Mädchen.

Norbert kam und legte den Arm um seine Braut. Man sprach von Musik. Ruth sagte: – Onkel Gustav lässt Sie grüßen. Er hat eine ganze Menge Noten für Sie bei uns liegen lassen. Norberts Braut fragte interessiert: – Wer ist das? Ist das der sagenhafte Künstler, der so wunderbar Mozart spielt und den man niemals zu sehen bekommen kann.

Norbert war dunkelrot. Ruth sah ihn aufmerksam an und sagte: – Er hat heute nicht kommen können, weil er keinen reinen Kragen gehabt hat. Übrigens ist er kein Künstler, nur Zeichenlehrer an einer Mittelschule. Aber er ist mein Onkel.

Norbert ging den Leutnant suchen. Er kam bestürzt wieder. Der Leutnant habe heftiges Nasenbluten und liege auf dem Sofa in seinem Zimmer. Ruth schlich sich an Norbert heran: – Norbert, Sie dürfen niemanden etwas sagen, aber ich muss mir die Hände waschen. – Jetzt gleich? – Ja, aber schweigen Sie.

Norbert führte Ruth in das Badezimmer. Sie standen sich gegenüber in dem weißgekachelten, grellen Raum, der voll heißem Dunst war. Ihre Haare verdeckten die grünen Augen, so dicht hingen sie in die Stirne. Sie sah ihn an. – Wo ist heißes Wasser, ich möchte sehr heißes Wasser. – Hier, aber was ist Ihnen, was haben Sie? – Sehen Sie den Fleck da auf meiner Hand. Ich habe mich zuvor schon in einen Vorhang gewischt: Blut ist es. Vom Nasenbluten von ihrem Freund da. – Ruth, nein. – Doch, soll ich Ihnen den Vorhang zeigen? Im Salon rechts. Er hat mich geküsst in ihrem Zimmer und dann hat er auf einmal Nasenbluten bekommen. – Nein.

Er hatte sich abgewendet und seine hohe, zu gerade Gestalt wurde klein und verschwand im feuchtschweren Dunst. Aber irgendetwas stöhnte in dem Badezimmer.

Ruth wusch sich die Hände mit einer Bürste, dass das Wasser sprühte. – Sie sollten Ihre Braut nicht solche Lieder singen lassen.

Er schwieg. Und nach einer Weile: – Überhaupt, was Sie für Freunde haben. Schämen Sie sich.

Norbert wandte sich nicht um. Sie fühlte eine warme Welle um ihre Füße spielen, weich und kosend, die sich doch nicht traute, höher zu steigen. Er hielt den Kopf gesenkt. Sicher war er ganz rot. Warum schlug er sie denn nicht?

– Norbert, schauen Sie mich doch an, ob ich auch ganz rein bin. Er richtete seine hundetreue dunklen Augen auf sie, langsam, verzweifelnd, ergeben. – Auf Ihrem Schuh ist auch ein Fleck, Ruth. – Ach, was soll ich jetzt tun? Mich wieder beklecksen?

Er kniete nieder und putzte ihr mit einem nassen Handtuch den Schuh, sehr sorgsam. Sie sah auf ihn herab und fühlte: immer habe ich gewünscht, es soll mir jemand Liebesgedichte machen. Aber das ist ja viel mehr. Und doch ist es furchtbar. Soll ich ihm sagen, dass ich den Leutnant geschlagen habe, oder soll ich ihn küssen, auf den braven Scheitel da – ach, Christus, hilf mir –

Da war Norbert fertig und sie gingen rasch wieder in den Salon.

Am nächsten Tag kaufte sie ein paar japanische Nelken und erwartete Norbert vor seinem Amt. – Ich muss Sie sprechen. – Ruth, ich werde Sie nach Hause begleiten. – Dort nicht, gehen wir in ein Kaffeehaus, ich will allein sein. – Nein aber – was würde Ihre Mutter sagen. – Dann auf Wiedersehen ... – Halt, Ruth, so bleiben Sie doch.

Sie gingen zusammen in ein Kaffeehaus. Er schielte ängstlich auf alle Tische. – Da, nehmen Sie die Nelken, sie gehören Ihnen. – Mir, nein ich verstehe Sie nicht, wie können Sie nur ... – Wahrscheinlich ist das auch nicht schicklich, aber nehmen Sie.

Ruth sah über das nüchtern glatte Kaffeehaus, wo eben die ersten elektrischen Flammen angezündet wurden. Und wütend dachte sie: Herrgott, wenn ich nur eine Ahnung hätte, was ich dem Kerl habe sagen wollen. Nein, so was Dummes.

Sie aß drei Portionen Eis nacheinander und er sah sie schweigend an. Dann sagte er: – Sie müssen nicht kleinlich von mir denken, weil ich nicht in ein Kaffeehaus gehen wollte. Aber Ihre Mutter – und ich bin doch auch verlobt. Aber Ruth, vielleicht wird das jetzt ganz anders werden –

– Norbert, sprechen Sie nicht weiter, o bitte, gewiss nicht, Sie wollen eine riesige Dummheit sagen –

– Ruth, Sie wissen doch alles –

– Nein, ich weiß nichts, gar nichts. Nichts, Norbert. Ich bin Ihnen dankbar, dass Sie mir gestern den Schuh geputzt haben. Deshalb die Nelken. Und im Übrigen – ja, im Übrigen, ich wollte Sie dringend bitten, sich Onkel Gustavs etwas mehr anzunehmen. Er hat eine schwere Bronchitis und liegt mutterseelenallein in seiner Dachkammer. Außerdem: er liebt Sie, weil Sie so elegant sind. Nicht wahr, Norbert, Ihr Großvater war doch Minister – eigentlich könnten wir jetzt die Sitzung aufheben.

Ruth besuchte Onkel Gustav noch an diesem Abend. Er lag in seinem ungeglätteten Bett. Neben seinem Kopf ein Öllämpchen und auf dem Boden davor der Hund. Der Hund war auch krank und hatte das Zimmer beschmutzt.

– Onkel Gustav, wie kannst du das aushalten? Sie riss das Fenster auf. Er hustete furchtbar. – Gib doch den Hund weg, wenn er krank ist. – Nein Ruth, dass du so etwas sagen kannst. – Ich verstehe überhaupt nicht, wie man sich einen Hund halten kann. Es ist doch immer etwas Schmieriges im Zimmer. Ein Tier, mir graut vor allen Tieren. Schau nur die Schnauze, lang, spitz, mit den langen, spitzen Zähnen. Die ist doch zum Beißen da. – Ruth, weißt du, dass du mir weh tust? ... Onkel Gustav richtete sich im Bett auf und seine großen, runden Kinderaugen glänzten noch mehr als sonst ... Natürlich ist es nur ein Tier. Aber er hat mich lieb. Weißt du, was das ist? O, vielleicht hast du es noch nie gebraucht. Ich will ja auch nicht seine Schnauze haben. Aber da ist eine große Treue neben mir, wenn ich so im Bett liege. Ein großes Gefühl. Du glaubst ja nicht an Gott, Ruth. Ich auch nicht. Aber an ein so großes Gefühl. Deshalb ziehe ich auch ruhig den Hut vor einer Kirche.

Ruth sah auf die Schmutzpfütze des Hundes mitten im Zimmer und dachte: Nein, dass Norbert sich dazu hergegeben hat mir das Blut von dem Schuh zu wischen, mit einem Handtuch – wie ekelhaft.

Martha unterrichtete jeden Tag von acht bis ein Uhr die Kinder der guten Familien. Verstimmt kam sie zum Mittagessen nach Hause. Ruth versuchte nie mehr, mit ihr gut zu sein. Auch nicht, Mutter das Streiten mit Martha abzugewöhnen, da hätte sie viele Vasen zerbrechen müssen. Und sie erkannte mit schauderndem Entsetzen, dass alles Mitleid zu Verachtung wird, wenn es der Alltag abnützt. Da hilft kein Verstehen.

Bella suchte sie nie mehr auf. Wozu noch –

Norbert kam Mittwoch und Samstag zum Mittagessen. Eines Tages traf sie ihn auf der Straße, eingehängt in seinen Freund, den Leutnant.

Brand

ALS RUTH DAS NÄCHSTE MAL Onkel Gustav besuchte, stand ein Mensch beim Fenster. Dessen grobe, breitästige Knochen pressten das Zimmer zusammen, ließen die Frühdämmerung nicht herein. Und von seinem Hinterkopf hingen die Haare kurz und strähnenglatt herunter.

Onkel Gustav hustete so furchtbar, dass Ruth Schleim und Blut vor sich tanzen sah.

Als der Fremde seine ungelenk hohe Gestalt rasch umwendete, war ihr, als fiele ein ungeheurer Knochenhaufen in sich zusammen und zersplittere auf dem Boden, steinhart.

Onkel Gustav hustete. Blut und Schleim. Er konnte nicht sprechen. Der Mensch verbeugte sich linkisch hochmütig vor Ruth, murmelte etwas und ging fort.

– Wer war das? fragt Ruth, als Onkel Gustav wieder still und erschöpft da lag. – Ein Freund von mir, du kennst ihn nicht. – Wie heißt er? – Thomas. – Und noch? – Wozu willst du das wissen? – Ich bin eben neugierig, warum Mutter nicht wissen darf, dass er zu dir kommt. – Das ist abscheulich von dir. Das sagst du nur um mich zu kränken. Jeder Mensch darf zu mir kommen, ich bin doch kein kleines Kind ... Er begann wieder zu husten.

– Sei ruhig, Onkel Gustav, ich war wirklich nur neugierig. Weil er mir gefällt, dieser dein Freund oder was er ist. – Er ist mein Freund. Ruth, wenn du den kennen würdest, wirklich kennen. – Wie verhält sich Norbert zu ihm? – Er hat ihn noch nicht gesehen. – Ach so ... Gustav hustete wieder und Ruth stand auf, um fortzugehen. – Was ist das für ein

Ungeheuer? Sie nahm eine in graue Sackleinwand gebundene Riesenmappe, die auf dem Tisch lag. – O weh, die hat Thomas vergessen. – Dann wird er sie wohl holen. Ruth wollte sich wieder setzen. – Nein, er vergisst bestimmt ganz daran, und wenn er morgen in die Schule geht, hat er keine Hefte. Und wieder Unannehmlichkeiten. – Weißt du was, ich möchte sie ihm bringen. Ich will sowieso noch spazieren gehen. – Nein, Ruth, das geht nicht – Onkel Gustav richtete sich ganz entsetzt auf – das kannst du nicht, nein wirklich nicht, auch ist es viel zu weit, er wohnt ganz draußen in der Vorstadt. – Das macht mir gar nichts.

Ruth hatte die Mappe schon unter dem Arm: – rasch, die Adresse. Onkel Gustav hustete und sagte dann den Namen von Mutters ehemaliger Friseurin. Ruth lachte schrill: – nein, mit was für Leuten du verkehrst ... und sie sprang über die Stiegen.

Die Luft war weich und frühlingshaft schwer. Wie um Mitternacht im Mai. Aber die kahlen Bäume waren herbstmatt und ergeben.

Ruth lief durch die dunklen Gassen und fühlte, wie sie mit jedem Schritt in das Ungewisse hineintrat. Das weich und nachgiebig war wie ein verprügelter Hund. Und doch lockte und zog.

Sie wollte den nacktsträhnigen, groben Kopf nicht berühren, nein, niemals, o um Gotteswillen nicht. Onkel Gustavs Husten schrie ihr nach. Ganz arme übermüdete Pferde hatten solche schwer hervorspringende Knochen. Deren Kraft um Mitleid schreit. Während die Muskeln zu schlaff sind, das Gerüst zu tragen.

Nein, sie konnte nicht weiter. Eine wütende Angst hielt sie zurück, sie könne einem Kutscher begegnen, der seine Pferde prügelt, erbarmungslos über die steinige Straße, brüllend, schimpfend, fluchend und mit der Peitsche.

Nein, sie wollte nicht weiter. Wie kam sie auch dazu, einem fremden Menschen seine Sachen in das Haus nachzutragen. Sie wird das Mappen-Ungeheuer in einen Straßengraben werfen. Oder doch vielleicht zuerst hineinsehen – ja, zuerst hineinsehen.

Ruth ging in ein kleines Kaffeehaus, wo ein paar Dienstmänner und Kutscher Karten spielten. Sie setzte sich in eine halbdunkle Ecke und schämte sich. Bei einer unanständig dicken Kellnerin bestellte sie Tee. Und war verzweifelt über die schmierig braune Marmorplatte.

Aber die Mappe. Ein armseliger zerbissener Bleistift rollt heraus. Und dann Schulhefte der dritten Volksschulklasse. Immer mehr Schulhefte. In jedem beginnt die Aufgabe: Alle Haustiere ...

Ruth schließt die Mappe. Den Bleistift steckt sie zu sich. Sie muss Thomas seine Hefte bringen.

Sie trat in das Ungewisse. Es wich und lockte. Und die Nacht war ganz dunkel.

Das einstöckig verkrochene Haus lag weit draußen, am Rand der ersten fahlen Fabrik-Wiesen. Gelbrötliches Licht träufelte aus seinen niedrigen Fenstern. Das Ungewisse war nah und furchtbar.

Eine fremde Wohnung suchen ist entsetzlich. Wie leicht läutet man bei fremden Menschen an und die sind dann böse. Und eigentlich war Thomas sogar auch ein fremder Mensch.

Ein grünblasser Proletarierbub mit abstehenden Ohren öffnete Ruth die Türe. Es roch nach aufgewärmtem Essen. Im Zimmer war eine Nähmaschine. Darauf eine Petroleumlampe. Ein Mensch bei der Nähmaschine, in der Nähmaschine, ein Stück der Nähmaschine, in sie hineinverwachsen, bucklig verkrümmt, eng.

Ruth dachte: Wieder weg, gleich –

Da kam Thomas herein in blaugestreiften Hemdärmeln. Sie stotterte etwas, dunkelrot, besinnungslos verlegen. Der blasse Bub glotzte sie an. Thomas Schwester steckte den Kopf aus ihrem Buckel heraus. Er selbst war gar nicht erstaunt. Sagte fast grob: danke. Sie bemerkte, dass ihm ein großer Augenzahn fehle, dass eine schmutzige Unterhose auf dem Sessel neben ihr lag. Ihr ekelte wild.

Eine Stimme, die weich war, wie die laue Nacht draußen, sagte: – Bleiben sie doch noch ein wenig und ruhen Sie sich aus. Sie sind ja ganz erhitzt.

Das bucklige Ungeheuer. Ruth hätte ihr die zu langen, kranken Hände küssen wollen.

Thomas und sein Bruder waren hinausgegangen. Die Nähmaschine ruhte. Und die Petroleumlampe war noch heruntergeschraubt.

Thomas Schwester hatte stechend graue Augen mit müden Lidern. Sie sprach von Onkel Gustav wie von einem Halbgott und fragte sehr viel.

Ruth dachte: Der große, schwarze Kasten in der Ecke dort schaut Thomas ähnlich. Er ist schön und mächtig, aber was da nur drinnen hängt. Ich möchte meine Kleider nicht hineingeben. Wie es hier riecht – nach Baumwollstrümpfen, die nicht gewaschen werden.

Thomas Mutter schlürfte herein. Sie hatte rote Wangen, als ob sie früher einmal geschminkt gewesen wäre und war furchtbar hässlich. Sie begrüßte Ruth als alte Bekannte und stellte graue Teller auf den ungedeckten Tisch.

Thomas kam wieder in das Zimmer und schien sehr unzufrieden, dass Ruth noch da war. Sie sprang auf. Er begleitete sie vor die Haustür, hinten im Hof bellte der Hund. Sie gab ihm die Hand und ihr war, als ergreife sie einen toten Knochen.

– Ich danke Ihnen, sagte Thomas mit seiner zerbrochenen Stimme. – Aber wir müssen jetzt zu Abend essen. Unser Petroleum reicht nur bis halb zehn.

Sie hielt seine Hand noch fest und sah nur, wie er mit der anderen Hand an den Hals griff, der Daumen stand eigentümlich scharf weg wie die Klinge eines Messers.

Ruth wusste, als sie nach Hause ging: Thomas kann als kleines Kind keine Milch bekommen haben. Nur zähes Fleisch von wilden, geschlachteten Tieren. Und sie sah während des Abendessens fortwährend auf Richards Hände, die wohl noch nie ein Tier geschlachtet hatten.

Die kleine Weißnäherin Gertrud ließ sich den ganzen Abend durch von ihrer Mutter Ruths erste Kindheit schildern. Damals war die Friseurin oft in das Haus gekommen, o ja und die gnädige Frau hatte Perlen, eine endlose Kette hinunter. Ruth lag immer schon in ihrem weißlackierten Gitterbettchen und steckte die frischgebadeten Fingerchen durch das Netz. Und die gnädige Frau erzählte von Paris, immer von Paris, sie hatte auch Pariser Parfüm.

Die Wangen der alten Friseurin glänzten wie frisch geschminkt. Gertrud fuhr mit feuchten Händen über die Tischplatte, dass große nasse Flecken auf dem Holz zurückblieben. Thomas starrte in seinen Teller und hielt mit aufgestützten Armen Gabel und Messer, kampfbereit. – Was habt ihr mit den fremden Leuten, grollte er.

Gertrud sagte: – Das Leben. Ihre ermüdeten Augen starrten an ihnen vorbei. Sie empfand in diesem Augenblick: Nach Paris reisen – in der Bahn liegen, einen zärtlichen Atem neben sich – genießen – oder: ganz klein sein und in einem weißen Gitterbett liegen mit geraden Gliedern, die wachsen dürfen.

Gertruds Buckel war das Nest eines Vampirs. Brut und Beutestatt. Alle unerlebten Träume, alle schäbigen Wirklichkeiten der Mutter steckten darin. Thomas' Schulstunden. Und die Reißbretter des kleinen Bruders, der in die Realschule gehen durfte und ein zufriedener Techniker werden sollte, werden musste.

Aber es war noch viel mehr in Gertruds Buckel. Ihre spinnenlangen, blauadrigen Finger nähten und trennten eigentlich gar nicht den ganzen Tag. Sie tasteten zum Fenster hinaus über die Rücken der Vorübergehenden nach neuem Leben. Und die schwangere Nachbarsfrau, die alle Tage sich erbrach und heulte, dass man es genau hören konnte, trug ein Kind, dessen Schicksale sie schon im Voraus empfand, wie ein hohes Glück.

Gertrud schätzte den Wert ihres erwürgten Lebens wie ein Sterbender den letzten Atem. Seligkeit war die erste Morgensonne, die ihr in den dünnen Kaffee schien. Seligkeit der graue Tag voll wuchernder Gedanken. Sie nähte schöne Hemden, schmeichelnd glatte, aus Leinenbatist, aus Seide. Seligkeit, die anziehen zu dürfen. Seligkeit, alle Tage in die Schule gehen zu dürfen und hundert schmutzige Kinder zu unterrichten, wie Thomas. Welche Betätigung der eigenen Kraft. Wie herrlich für ihn, dass er sie alle erhalten durfte und es dem kleinen Bruder ermöglichen, etwas besseres zu werden – das war Menschenglück.

Thomas' Schulkinder saßen Nachmittage lang an Gertruds Nähmaschine. Sie erzählte ihnen vom lieben Gott und ratterte und nähte. Die Kinder waren zufrieden. Hier war jemand, der nichts von ihnen wollte. So streuten sie ihr das kleine, schmutzige Leben willig in den Schoß. Das sie nicht verstand und doch aufsaugte.

Thomas merkte nichts davon. Er hielt Gertrud für eine Heilige. Denn sie liebte und stützte die verkommene Mutter, den tuberkulosen Bruder. Er wusste, dass, wenn sie eines Abends nicht da wäre, die fettige Petroleumlampe nicht mehr brennen könnte, auch nicht bis halb zehn. Und dann wäre alles aus.

Sie war die Liebe, und er beugte sich vor ihr. Aber er glaubte nicht an die Liebe. Er glaubte an das Wort.

Das Wort war in ihm und in ihm war die Welt. Sprechen können – dann müsste sein ungebadeter Körper rein werden.

Er verbesserte alle Abende bis halb zehn Uhr die Schreibübungen der Kinder. Und dann musste das Licht gelöscht werden. Zwei bis drei Hefte blieben noch zurück für den blassen Morgen. Aber daran war nichts zu ändern.

§Ruth empfand es in den nächsten Tagen zum ersten Mal in ihrem Leben als peinlich mit entblößtem Hals herumzugehen. Sie legte sich einen alten Pelz von Martha um, der nach Kampfer roch und kitzelte. Und sie dachte: es müsste gut sein, zu wissen, dass man nie mehr im Leben einem Mann die Hand gibt. Was das nur ist, fremde Knochen – ach nein, entsetzlich.

Sie wollte nie mehr zu Thomas gehen. Wegen seiner Mutter. Was für struppige graugelbe Haare die hatte, diese Friseurin. Und dann, sie hatte das kleine, bucklige Ungeheuer in die Welt gesetzt. Wie konnte man so etwas verbrechen. Wenn ich Christus wäre, ich müsste zum Fenster hinausspringen, nur weil Gertrud lebt, dachte Ruth. Und ekelte sich vor Thomas riesengroßer Zahnlücke.

Eine Woche später war Ruth wieder bei Thomas. An dem ersten, kalten Wintertag, der ohne Schnee war, aber ganz voll Dämmerung. Die Nähmaschine ratterte. Thomas stand in der hintersten Ecke, bei dem winzigen Eisenofen. Er hatte den Deckel zurückgeschlagen und die roten Flammen verzerrten seine knochigen Züge. – Ich komme Ihnen erzählen, dass es Onkel Gustav sehr schlecht geht. – So.

– Ja ich komme Ihnen das erzählen, Sie sind doch sein Freund, oder nicht? –

Thomas ging in das Nebenzimmer. Ruth dachte wütend: Eigentlich könnte ich ja zu Norbert gehen. Gertrud blickte sich interessiert um. Da ging Ruth ihm nach.

In seinem Zimmer standen zwei graue Eisenbetten. Und zwei eiserne Bücherregale. Und ein eiserner Ofen. Der Tisch war mit verschmierten Schulbüchern verdeckt und geometrischen Zeichnungen von dem Bruder. Nichts in diesem Raum gehörte Thomas. Nur seine eigenen massigen Knochen.

Er starrte an ihr vorbei mit stumpfen toten Augen. Er sieht mich nicht, klagte Ruth, er sieht mich nicht, jubelte Ruth, er sieht mich nicht, er sieht überhaupt nicht heraus, er sieht hinein. Und sie bemerkte, dass sein proletarisch hoher Kopf aristokratisch lange, leidende Schläfen hatte.

– Was machen Sie eigentlich da, fragte Ruth und sie setzte sich auf den Tisch, mitten in die Zeichnungen des Bruders und baumelte mit den Beinen. Den kahlen Wintermantel knöpfte sie auf. Und sie nahm sich vor, den stickigen Dunst ganz in sich einzusaugen und aus allen Poren wiederzugeben, dann müsste er sie spüren.

Thomas ging hin und her, ohne sie noch einmal anzusehen. – Höflich sind Sie nicht, lachte Ruth. – Er blieb vor ihr stehen. – Wozu auch. Glauben Sie, ich kann nicht, wenn ich will. Aber warum.

Ruth dachte: Ich kann die Luft herinnen doch nicht so leicht einatmen. Sie zerdrückt mir die Lunge. Sie ist zu schwer. Schwer wie Thomas' Knochen, oder noch schwerer, ich kann nicht und um Gotteswillen, wer keucht, wer stöhnt da, wer erbricht sich, bin ich es selbst – o wie schlecht ist mir –

– Sie brauchen nicht zu erschrecken, sagte Thomas und setzte seine rastlosen Wanderungen um den Tisch fort. Die Frau von unserem Nachbar daneben erwartet ein Kind und das hören wir immer so genau.

– Was ist noch in ihrem Zimmer, Thomas. – Sie stand vor ihm, ihre grünen Augen waren ganz groß geworden.

– Was noch – O Thomas, Sie müssen furchtbare Nächte haben.

Da küsste er ihr die Hand mit den groben, aufgesprungenen Lippen. Ihr graute. Sie wurde zornig. Und sie lief davon.

Sie wollte nicht mehr zu Thomas gehen. Da sah sie ihn zwei Tage später auf der Straße. In den frühen, toten Nachmittagsstunden.

Sie dachte: wenn ich ihm jetzt nicht entgegen springe, er rennt dort in die Mauer hinein, zerschellt sich seine großen Knochen. Nein, wie er friert.

Sie packte ihn beim Arm. – Thomas, grüß Gott, aber warum haben Sie keinen Mantel, Teufel noch einmal!

Er war ganz blau und sie wusste, ohne dass er antwortete, dass den einzigen Mantel der Familie der kleine Bruder trug.

Sie begleitete ihn und kombinierte: Wenn Onkel Gustav stirbt, kann Thomas vielleicht den Wintermantel bekommen, oder ich stehle den von Richard. Der ist so gut wattiert. Ach, wenn ich nur nicht so feig wäre, ich müsste Onkel Gustav auch töten können, aber ich traue mich ja nicht.

Thomas sagte: – Mir ist gar nicht kalt, was fällt Ihnen ein. Aber man sollte mir nicht um halb zehn Uhr das Licht wegnehmen, nein, das sollte Mutter nicht. Und wir haben gar kein Geld mehr für nächste Woche.

Ruth gab Gertrud ihr letztes bisschen Taschengeld. Gertrud nahm das Bisschen mit Tränen in den Augen und verklärt.

Als Weihnachten kam, wusste Ruth nicht, was sie Thomas schenken sollte. Sie verkaufte zwei goldene Ringe, die sie nie getragen hatte, und kaufte ihm dafür einen wunderschönen Band *Schopenhauer*. Sie half heuer nicht den Weihnachtsbaum putzen. Sie empfand zum ersten Mal nicht die gespannte Erregung vor dem wunderbaren Abend, der doch alle Jahre der gleiche blieb. Sie empfand auch nicht, dass die Straßen anders waren als sonst, weil so viele frohe Menschen mit Paketen durcheinanderliefen. Sie wusste nur, dass Thomas bei der furchtbaren Kälte keinen Wintermantel besaß, dass der Band *Schopenhauer* in weiches, mattbraunes Leder eingebunden war.

Sie nahm aus ihrem Schreibtisch noch rasch eine Schachtel Briefpapier für Gertrud und eine Rolle herrlichstes, weißes Kanzleipapier, auf das sie einst ihre Lebensgeschichte hatte schreiben wollen, aber das war schon lange her. Jetzt sollte es Thomas' Bruder bekommen, der immer klagte, er habe zu wenig Papier für seine deutschen Aufsätze und die langen mathematischen Formeln. Etwas Besseres hatte sie nicht.

Gertrud schmückte den winzigen Weihnachtsbaum mit Silberketten vom vorigen Jahr. Sie humpelte vergnügt in der kalten Stube herum und sang ein Weihnachtslied. Auf dem Tisch standen noch von dem Mittagessen Teller mit übrig gebliebenem, gelbem Brei. Ruth ging rasch in Thomas' Zimmer.

Er lag mit toten Augen über den Tisch hinüber, gierig, lauernd. Ruth legte das sattbleiche Kanzleipapier neben ihn hin.

Ein Schrei, wie ein Tier, das nach Wasser sucht: – Ruth, das bringst Du mir, Du weißt also, weißt alles, doch und Du glaubst daran, und noch kein Wort, noch immer kein Wort, aber du glaubst daran –

Er lag vor ihr und umfasste ihre Schenkel mit tastenden, greifenden, packenden, schaffenden Bewegungen. Er keuchte. Seine Hände waren feucht, er gurgelte mit halberstickter Kehle. Ruth graute und sie sagte weinend: – nicht wahr, jetzt schreiben Sie das Buch – und sie streichelte seinen Kopf wie einem ganz kleinen Kind und küsste die aristokratisch hohen Schläfen. Jetzt ganz gewiss, ganz gewiss. Ihr ekelte vor seinen strähnig fetten Proletarierhaaren und sie streichelte seinen Kopf.

Zuhause konnte sie das Licht der Weihnachtskerzen nicht vertragen. Die Stimmen der Verwandten machten sie rasend. Bei Tisch sagte Richard zu einem alten Onkel: – gewiss ist ein rechter Künstler noch nie den widrigen Verhältnissen unterlegen. Im Gegenteil ...

Ruth sagte: – wo liegt die Statistik der Untergegangenen. Ich glaube bei der Mordstatistik im Strafgericht, nicht wahr, dort liegt das auf.

Dann wurde ihr schlecht und sie musste die ganze Nacht lang erbrechen. Das Zimmer war überheizt und sie empfand nur, wie sehr Thomas diese Nacht frieren müsse, denn sicher waren alle Kohlen für das Weihnachtszimmer aufgegangen. Vielleicht verbrannte er das weiße Kanzleipapier. Den Schopenhauer bekam ja Onkel Gustav, der war noch gar nicht tot. Nur wollte sie nie mehr zu Thomas gehen, ganz gewiss nie mehr. O, wie sie seine gierig schaffenden Hände fürchtete, grauenhaft war es und unverschämt gegen die Natur, gegen ihren eigenen Körper. Und die Frau daneben erbrach ja auch fortwährend, weil sie ein Kind erwartete.

Sie bekam einen Brief von Gertrud: warum kommst Du nicht mehr? Thomas ist krank. Sie war zornig und ging nicht hin.

Sie bekam einen Brief von Gertrud: warum kommst Du nicht mehr?

Da kaufte sie ein Dutzend verschiedener Federn und tiefschwarze Tinte und ging wieder zu Thomas. Gertrud saß in der Nähmaschine und sah sie vorwurfsvoll an: Du hättest früher achtgeben sollen, Ruth. – Worauf? – Thomas liebt Dich. – Mach Dich nicht lächerlich. – Doch Ruth, seit Du fortgeblieben bist, kann er nicht mehr unterrichten. Gestern hat er den Kleinen geschlagen. Denk Dir, Thomas und schlagen, wegen irgendeines kostbaren Papiers. – Er hätte ihn erschlagen sollen, Ihr wisst alle nicht, was Thomas braucht. – Ruth, ich verstehe Dich nicht – Gertruds Stimme war so weich, dass Ruth mit dem Fuß darauf stampfen musste. – Und denke Dir, er will plötzlich um zwei Uhr nachts Licht brennen. Aber die Mutter hat doch kein Petroleum. Er streitet mit den Leuten in der Schule. Seit acht Tagen war er überhaupt nicht mehr dort ... Gertrud weinte. Ruth war ganz kalt: Gertrud, wer ist Dir lieber, Thomas oder die Mutter, oder der Kleine? – Das weiß ich nicht, mir sind alle drei ganz gleich lieb. – Dann kann ich Euch nicht helfen. – Aber Thomas liebt Dich. – Du bist dumm, näh deine Hemden weiter.

Thomas kam aus seinem Zimmer und zog Ruth an beiden Handgelenken zu sich herein. – Wo bist Du so lange geblieben? Du hättest kommen sollen. Nichts als Farben – Töne, mit der Hand zu greifen – Worte noch nicht – Worte –

Sie gab ihm Tinte und Federn. Er nahm eine Feder und kratzte sich einen tiefen Strich in die zerklüftete Hand: aus der Spitze muss es kommen, fließen, strömen – Gesetz – Ruth bleib da.

Er hielt sie fest mit beiden Armen. – Kannst Du beten? – Nein. – Das macht nichts. Bete, es darf nicht finster werden. Mutter darf das Petroleum nicht versperren. Der Bengel darf nicht nachhause kommen. Die Nähmaschine darf nicht rattern. So bet doch.

Als es dunkel wurde, begleitete er sie nach Hause. – Man muss Licht sparen ... Und wieder die Bewegung an den Hals, der Daumen steht eigentümlich scharf weg, wie die Klinge eines Messers.

– Siehst Du den Eckstein hinter der Straßenlaterne, die Biegung, die rund sein soll und doch eigentlich voll Ecken ist. Spürst Du. Wie meine Finger. Der Stein ist grau, so grau, dass unsere Augen daran sterben müssten. Aber das gelbe Licht aus der Laterne schleicht darauf – mein Licht ist eigentlich größer. Und lauter Ecken, die aussehen wie Biegungen, Rundungen. Wie wir uns täuschen. Nur die Lügen sprechen sich leicht. Aber die Wahrheit ist furchtbar, sie ist das Wort, das war im Anfang. Hörst Du die eisigen Pfützen, wer hat je so sprechen können. Und unlängst in der Nacht war ich fließendes Wasser. Ich weiß, wie es tönt, übereinander fällt, ich weiß, wie es sich berührt ... Meine Stimme ist hässlich, vorne fehlt mir ein Zahn, ich weiß wie Dir das widersteht, Ruth, lass, aber weißt Du, was meine Hände können, über die weißen Flächen gleiten, nein, das ist nicht Schnee, es schneit ja heuer gar nicht. Aber erst sollen meine Fäuste den Reichen die Fenster einschlagen. Was machen sie bei dem elektrischen Licht. Bei dem vielen Licht. Meine Hände können doch Mutter das Petroleum nicht stehlen, da ist kein Mark in den Knochen. Der Hund heult die ganze Nacht im Hof und die Frau daneben erbricht sich noch immer die ganze Nacht ...

– Thomas, wart doch, aber wart, ich werde Dich heiraten. Was Du da von dem Zahn gesagt hast, ist Unsinn. Ich habe nicht viel Geld, aber ein bisschen etwas muss mir Mutter schon geben. So viel, dass wir ein halbes Jahr, ja ein halbes Jahr schon in einem ruhigen, schönen Zimmer wohnen können. Nur ein Badezimmer noch daneben. Und du kannst schreiben, den ganzen Tag, auch in der Nacht. Ich werde eben im Badezimmer schlafen. Aber warten musst Du, wart doch, Thomas, wart nur noch ein ganz klein wenig.

Thomas stöhnte wie ein Pferd nach dem letzten Peitschenhieb. – In der Schule haben sie mich hinausgeworfen. Ich kann dem Buben das Geld für seine Studien nicht mehr geben. Und Mutter muss leben und Gertrud, die Arme. Und in der Nacht müssen sie alle schlafen. Da heult der Hund.

Er fuhr Ruth mit einer wilden Bewegung an den Hals. Der Daumen stand eigentümlich scharf weg, wie die Klinge eines Messers. Sie schrie.

– Schweig, sagte er heiser, es ist ja nicht auf Deinem Hals. Auf meinem ist es. Die fremde Hand. Sie würgt noch nicht, aber sie wird es tun, sofort, gleich, jeden Moment und dann ganz. Sie würgt noch nicht. Und doch habe ich schon einen flammend roten Streifen da vorn auf meinem Hals.

Ruth sah, dass alle Fenster der Wohnung dunkel waren. Und nahm Thomas mit sich in ihr Zimmer. Der Ofen glühte.

Thomas warf sich auf dem Teppich der Länge nach nieder und starrte mit toten Augen in die Glut. Ruth blieb stehen und dachte: wie schön die wilden Knochen geordnet sind, wie schlank sie liegen. Thomas sagte: – meine Farbe ist mehr gelb, aber nicht so gelb, wie auf dem Eckstein.

Ruth warf sich neben ihn vor das Feuer. Er presste sie an sich, dass sie die Rippen brechen fühlte. Seine groben Lippen waren blutig aufgesprungen. Schon fast zerfetzt. Der eine Vorderzahn fehlte. Zurück um Gotteswillen. Sie riss sich los.

Er stand vor ihr, seine Hände hingen herab. Eine große Knochenmasse, bereit, zusammenzufallen.

– Ruth, sagte er langsam, ich danke Dir. Es ist so viel Wärme in Deinem Zimmer. Mich friert nicht mehr. Aus dem Mark der Knochen stößt sich die Kraft heraus – heute Abend wird –

Er war schon lange fortgegangen. Ruth lag vor der erloschenen Glut auf genau demselben Fleck, wo er gelegen war. Und stöhnte: aus dem Mark der Knochen heraus. Thomas. Ein Kind. Von ihm ...

Thomas ging aufrecht nach Hause. Beim Abendessen teilte die Mutter vor: Kraut und jedem sein Stück Brot. Die Petroleumlampe brannte sehr schwach, tief heruntergeschraubt. Thomas sprach in sich hinein: heute Abend wag ich es, heute endlich. Ich habe ihnen ja noch nie etwas weggenommen. Aber heute, das bisschen Petroleum, das werden sie mir schon geben, können sie gar nicht verweigern. Und der Bub schiebt sein Bett einfach herein. Aus der Straßensteinrundung heraus bricht das Wort. Schon ist es nahe, nahe –

– Heute können wir zeitlich schlafen gehen, sagte die Mutter weinerlich, überhaupt jetzt, wo der Thomas so keine Hefte mehr zu korrigieren hat.

– Muss ich wirklich aus der Schule heraus, fragte der blasse Bub.

– Wird schon so sein, sagte die Mutter mürrisch. – Warten wir es ab, sang Gertruds milde Stimme dazwischen und ihre Augen suchten Thomas, flehend, verzweifelnd und doch gleich wieder voll Vertrauen.

– Was geht Ihr mich alle an, dachte Thomas, das Wort, aber ich muss erst um Petroleum bitten.

Wieder lag die Hand auf seinem Hals. Aber nicht mehr ein Messer mit stumpfer Klinge. Lange Finger mit verschiebbaren Gelenken drückten sich in die Kehle hinein.

– Gertrud, sagte er und zog sie in eine Ecke, gib mir alles Petroleum, was wir haben, heute Nacht, nur heute Nacht. – Die Mutter hat den Schlüssel. Aber ich muss mit Dir reden, ob Du uns wirklich alle zugrunde richten willst, lieber, einziger Thomas, wenn Deine Schule – Lass das jetzt, ich brauche Licht. – Die Mutter hat das Petroleum. – Mutter gib mir alles Petroleum. – Geh schlafen. – Mutter, nur heute. –

Die alte Friseurin grinste höhnisch: – hab keines mehr.

Thomas wusste, es ist nicht wahr. Und war machtlos.

– So geh ich zu den Nachbarn. – Die schlafen. Die Frau hat Nachmittag ein Kind bekommen.

– Gott ... Thomas brach auf seinem Bett zusammen. Gott war das Wort. Und das Wort durfte nicht gesprochen werden.

Dunkel. Der Bub schnarcht und hustet abwechselnd. Die Hand –

Nachtkälte kriecht durch das Fenster und Tagwärme schleicht in sie hinein. Die Hand legt sich an die Kehle, den Daumen eigentümlich scharf weg.

Gertrud und die Mutter im Nebenzimmer atmen schwer. Stöhnen. Die Hand würgt.

Schwarz. Aber aus den Knochen heraus, aus dem zarten Mark bricht es dunkel glühend, ächzend. Gestalt, Klang, tasten, berühren, drängen, steigen, sich heben. Die Poren saugt es hinaus in die kalte Luft. Und ist doch drinnen, noch im Mark, flammend rot, brennend –

Ach wozu liegen, tot sein. Wer kann sterben, wenn das Innerste leben will.

In schwarzen Ballen fällt es aus sich heraus, in blutigen Brocken. Gedrückt von fremden, arbeitsamen Fingern. Eine brühende Masse schwelt in den Gliedern. Kocht, brodelt und schmeißt sich nach oben – dass die Haut sich dehnt der steinharten Knochen.

Gewalt.

Und alle schlafen – dunkel –

Nein – licht soll es werden – licht – hell – grell.

Er schleicht hinaus vor das Haus mit Katzentritten.

Der Hund bellt – heult –

Alle schlafen – aber das Wort kann nicht schlafen – das Wort muss leben – lodern – zerstören –

Er klettert auf die Straßenlaterne, zerschlägt sie vorsichtig, entzündet die Fackel aus dem Schuppen, schlägt das Fenster ein – Licht fällt in das Haus – das Wort fällt in das Haus und der Dichter rast durch die dunklen Gassen.

* * *

Ruth fährt auf aus dem Schlaf. Sie trägt ein Kind im Leib. Ach nein. Die Feuerwehr ...

* * *

Der Säugling der Nachbarin ist verbrannt. Sonst wurde alles gerettet. Und die Teilnahme der ganzen Stadt wendet sich der Familie des geisteskranken Volksschullehrers zu.

Ruth besuchte Thomas mit Onkel Gustav in seiner Zelle. Er saß zusammengekrümmt über einem leeren Papier. Seine Augen blickten nicht mehr in sich hinein, aber hinaus und in das Leere. Und seine Knochen waren ohne Mark. Leer.

– Ruth, sagte er, denk bloß, alles ist verbrannt.

Sie gingen. Onkel Gustav weinte. Ruth schwieg. Aber sie trug eine kleine Leiche in sich, fühlte die winzigen, angstverkrümmten Knochen.

Drei Tage später kam der blasse Bub, rot geheult. Thomas war zum Fenster hinausgesprungen. Ruth nickte nur. Auf dem Steinpflaster liegt ein schwerer Knochenhaufen. Zerschmettert.

– Sei ruhig, sagte sie zu dem aufgeregten Buben, was weinst du. Schäm dich.

Eine Mutter

RUTH SAH EINMAL im dunklen Zimmer Mutter vor einer zerbrochenen Tasse stehen. Die Scherben zerschnitten die Luft, weiß, mit scharfen Kanten. Mutter starrte dumpf darauf hin. Ihre zerstückelten Bewegungen hingen herunter. Und in das trübe Grau der Augen wollte das Weiße hereinbrechen, mit scharfen Kanten.

Das war lange her. Jetzt hasste Ruth Mutter, weil die alte Friseurin ihren Sohn zum Brandstifter hatte werden lassen.

Mutter steckte sie als kleines Kind punkt acht Uhr in das Bett. Dann kaufte sie ihr Schulhefte, die viel zu breit liniert waren. Mutter glaubte einem boshaften Dienstmädchen mehr als ihr. Mutter zwang sie große Gläser mit gekochter Milch zu trinken, wo noch die Haut herumschwamm. Mutter ließ sie nächtelang bei geschlossenen Fensterladen schlafen, so dass sie glauben musste, sie sei blind. Mutter durchblätterte ihre Bücher, die doch ihr allein gehörten. Mutter rückte den Tisch ihres Zimmers in die Mitte, obwohl er unbedingt an der Seite stehen musste. Mutter löschte das Licht, wenn es zu spät wurde. Es war ja nur ein Zufall, dass sie nicht auch schon zum Fenster hinausgesprungen war –

Mutter war schuld an dem entsetzlichen Brandunglück. War auch schuld, dass der arme Säugling elend umgekommen war. Mutter, die alle kleinen Kinder so sehr liebte.

Ruth sah auf Mutters langfingerige Hände. Wieso hatten die keine roten Brandwunden. Nein, sie waren weiß und schlank, nur durch viele Falten und Sprünge zerklüftet. Von welcher Arbeit ...

Mutter suchte die alte Friseurin selbst auf und tröstete sie, wie sie wortlos dasaß neben der Nähmaschine der Tochter. Ruth ging nicht mit. Man sprach von Thomas immer wie von einem Geisteskranken. Das war eine Unverschämtheit.

Als Mutter nach Hause kam, hatte sie rotgeweinte Lider. Ruth stand in einer Fensternische, tief hineingepresst in den dunkel samtenen Vorhang. Sie wollte schreien: – ihr habt alle kein Recht um ihn zu trauern. Da sagte Mutter: ich weiß schon Ruth, dass du immer mit Thomas warst. Er war ein armer Narr. Aber du solltest dich schämen.

Eine zorndurchschüttelte, blutende Faust – oder ist das die Flamme – Thomas' Flamme – Mutter brüllt auf.

Onkel Gustav trug Ruth aus dem Zimmer. Riesenkraft war in seinen willenlosen Armen, wie er sie durch den langen Gang schleppte. Er zog sie in den Vorratsraum, wo ein Fass mit altem Kraut stand. Hier warf er sie auf den Boden.

Er stand vor ihr weißblass und sehr groß. – Ruth, weißt du, was du getan hast. Du kannst es nicht wissen. Du hast Mutter schlagen wollen.

Er ging hinaus und zog den Schlüssel ab.

Ruth dachte nur: jetzt muss ich zum Fenster hinausspringen. Das ist selbstverständlich, natürlich. Ich brauche bloß auf den Stuhl dort zu steigen, es macht nichts, dass das eine Bein wackelt. Er trägt mich so weit. O, und dann stürze ich. Eine breiige Masse. Aber es tut sicher weh, furchtbar weh, furchtbar, nein, ich fürchte mich, um Gotteswillen, ich habe ja so grässliche Angst –

Sie kroch in den hintersten Winkel der Kammer. Sie bohrte den Kopf in die Steinfliesen. Verbrecher sein. So also war es. Das heißt vor allen Dingen ganz allein sein. Ganz allein. Aber das darf man doch nicht zu Ende denken. Jetzt gehen die Menschen aus den Geschäften nach Hause. Man schließt die Laden so wie alle Tage. Und in den Straßen die gleichgültige Menge. Aber sie ist allein.

Was war nur mit dem Mann, der seine Mutter geschlagen hatte. Als Kind hielt sie sich die Ohren zu, wenn man die Geschichte erzählte. Aber sie weiß es doch: die Hand war aus dem Grab herausgewachsen. Man hieb sie ab. Und sie wuchs immer wieder. Ruth sieht vor sich eine gelbe Steppe. Und aus ihr steht graugrün heraus die Leichenhand mit entsetzten Fingern. Oder ist das ihre Hand –

Sie hat nicht den Mut zu sterben. Sie wird nie den Mut haben. Aber sie kann auch nicht leben. Denn sie kann nicht denken. So etwas kann man doch nicht denken, immer denken, immer denken.

Mutter kam am späten Abend mit einer flackernden Kerze und wirren Haaren. – Mutter, sagte Ruth mit toter Stimme, habe ich dich wirklich geschlagen? – Nein Ruth, dazu ist es nicht – Mutter wenn ich dich berührt habe, ich müsste sterben. Aber ich fürchte mich vor dem Tod. Und ich müsste sterben. Und du müsstest mir helfen.

Mutter kniete zu ihr nieder und küsste sie.

Am Abend setzte sich Mutter an Ruths Bett. Aber Ruth presste die Lider zu in erstarrtem Entsetzen. Das Weiße in Mutters Augen war zerbrochen. So wie einmal vor langer Zeit eine Tasse. Und wie Thomas' Stimme, wenn er sagte: ich habe kein Licht. Ja, wie Thomas. Mutters suchender Mittelfingerknochen war wie bei Thomas, zu kräftig.

Überhaupt, wie kommt sie dazu, Thomas gegen die Mutter zu verteidigen. Thomas ist gestorben, weil die Kraft in ihm nicht leben durfte. Er war stark. Und es ist gut, dass er tot ist. Aber Mutter ist schwach und ihre Kraft kann die Knochen nicht sprengen. Zerfrisst nur das Mark und macht die Gelenke schwippend nachgiebig. Mutters Leben –

Ruth legte den Kopf in Mutters Hand und weinte. Aus den zerklüfteten Handrinnen stieg ihr ein wohlbekannter, warmer, ein nie beachteter Atem entgegen.

Irgendwo liegt im Gras eine duftende Frucht. Und über das Mark des Baumstammes presst sich eisenhart die dürre Rinde ...

Mutter war auch einmal ganz klein gewesen. Man hatte ihr unmäßig große Schärpen über die weißen Kleidchen gebunden. Und sie saß in einem großen Kinderwagen, ganz allein.

Sie trug ihr kleines Schicksal in krampfhaft zusammengeballten Fäusten. Und erreichte nie etwas, weil diese Fäuste immer zu schwer von dem kleinen Körper herunterhingen. Sie gewöhnte sich an den Misserfolg und deshalb war ihr kein Ideal zu groß. Sie wollte Königin werden, dann Sängerin, und dann – o, was sie alles werden sollte. Sie trug ihr ganzes Leben die Last von unzähligen untergegangenen Existenzen in sich. Und ihr Vater hatte alle Pferde verspielt.

Sie hatte einmal einen Tag, vielleicht nur eine Stunde, oder nur eine Sekunde lang mit Ruths saugendem Blick aus sich herausgeschaut. Oder vielleicht nur einmal den Kopf hart und eckig zur Seite geworfen, wie Ruth es immer tat.

Und sie hatte ihr eigenes, einziges Dasein gesucht. Dann heiratete sie. Dann gebar sie drei Kinder. Und dann war ihr nichts mehr von sich geblieben, als eine suchende Vergangenheit und drei neue, fremde Menschen.

Die alte Friseurin träumte einst davon, die erste Tänzerin der Welt zu werden. Ihr hässlicher Sohn sprang aus dem Fenster und zerschmetterte sich in einem Gefängnishof, ohne dass sie je verstehen konnte, warum. Ihre missgebildete Tochter nähte Hemden für vornehme Damen. Und nichts war von ihr übriggeblieben als das bisschen Schminke auf den eingefallenen Wangen, das sich nicht wegwaschen ließ. Das bisschen Schminke.

Und die Kinder laufen wie Diebe in die Welt hinaus. Man kann ihnen das Eigentum nie mehr abnehmen. Denn es ist untrennbar, unkennbar verbunden mit fremden Säften, denen man sich einmal geschenkt hat.

Ruth wurde sehr krank. Sie lag ein paar Wochen durch mit hohem Fieber und keuchendem Atem. Die graue Tapete ihres Zimmers wurde zu einer einzigen, ungeheuren Ebene, in die alles hineinversank wie in einen Moorboden. Müde und wohlig. Mutter saß Tag und Nacht an ihrem Bett mit überwachen Augen und Teelöffeln in der Hand. Ruth dachte: wenn ich wieder gesund bin, schenke ich Mutter das Schönste und Beste, das ich habe. Aber sie wusste nie, was das sei und wünschte sich auch gar nicht, bald gesund zu werden. Besser immer so liegen können. Und niemand kann einem Vorwürfe machen. Sogar Richard brachte ihr Veilchen.

Als sie den ersten Tag wieder fieberfrei im Bett lag und Mutter ihr die Kissen gerade frisch gerichtet hatte, fragte sie: – was möchtest du, dass aus mir werden soll? Mutter sah sie erstaunt an. – Ja, ich kann doch nicht weiter so in den Tag hinein leben. – Ich möchte, dass du glücklich wirst, Ruth. – Wie ist das? – Du musst froh sein und gesund und auch heiraten. – Weißt du Mutter, von Thomas hätte ich gerne ein Kind bekommen. – Aber Ruth – Nein, nicht böse sein, Mutter, bitte, bitte nicht. Ich möchte dir nur von Thomas erzählen, weil das so wunderschön war.

Ruth erzählte von Thomas' Buch, als ob sie es schon hundert Mal gelesen hätte. Mutter sagte: – armes Kind. Und küsste sie. – Aber du musst jetzt schlafen. Sie löschte das Licht aus. Ruth fragte in das Dunkel hinein: warum arm ...

Sie erwachte am nächsten Morgen sehr zeitlich. Mutter sagte im Nebenzimmer zu Martha: – wir hätten eben besser auf sie Acht geben müssen.

Da sah Ruth hinter dem Fenster in der Frühdämmerung wieder die Hand des Mannes aus dem Grab wachsen, der seine Mutter geschlagen hatte. Nein, es waren viele, es waren unzählige solcher Hände. Sie sah diese Hände draußen vor dem Fenster und wusste: im Nebenzimmer wird jetzt eine ungeheure Schändlichkeit geflüstert. Ein Heiligtum wird besudelt. Dann geht Mutter in die Küche zu der Köchin und Martha in die Schule. Nein, das hatte Thomas nicht verdient.

Sie wollte aufstehn und fliehen, weit, weit weg über sumpfige Wiesen und Felder. In das Graue hinein. Nur Mutter nicht mehr sehen. Und in der Kommode daneben liegen ja sorglich eingeordnet seine Briefe an Mutter. Mutters Seele steckt auch drinnen in den gelben Phiolen. Und richtig, in Mutters Bewegungen zerbricht sich dieselbe Disharmonie wie in seinen, wenn er die Zigarre zum Mund führte. Wie kann Mutter es wagen, ihr Leben bewachen zu wollen. Draußen wachsen die Hände aus den Gräbern. Aber das Weiße in Mutters Augen ist zerbrochen. Sie kann Mutter nicht helfen. Sie ist allein. Weiß Mutter das nicht? Die Nabelschnur, an der sie hing, ist längst zerrissen. Arme Mutter! – Aus allen Gräbern wachsen die mörderischen Hände.

Mutter sagte am Nachmittag zu Onkel Gustav: ich werde Ruths Leben von nun an zu lenken wissen. Ich muss ihr weiter helfen. Sie ist – Lass das, antwortete Gustav müde. – Das lassen? – ja wozu bin ich denn sonst da ...?

Und sie saß bis in die Nacht hinein und berechnete ein neues Kleid für Ruth. Als es nach ihrer Angabe genäht war, hing Ruth es in die hinterste Kastenecke und zog es niemals an.

Der Tod

MEIN THOMAS hat auch nicht auf mich hören wollen, sagte die alte Friseurin weinerlich zu Mutter, während sie ihr das widerspenstige Haar zu bändigen versuchte.

Wie hatte Onkel Gustav einmal gesagt, in traumhafter Sommerdämmerung: Unsere Nächsten – das sind unsere nächsten Mörder. Und nun war die Wirklichkeit gekommen, winterkalt und hart. Und Ruth mochte sich die Augen mit den Fäusten zudrücken. Thomas hatte diese Wirklichkeit nie gesehen. Deshalb hatte er an ihr zugrunde gehen dürfen. Wie gut muss es sein, wenn alles ganz vorbei ist. Nichts mehr sehen, hören, tasten. Ihn schließt eine Wand ab von der Welt. Und er erstickt doch nicht mehr.

Ruth saß an einem nebligen Schneeabend allein zu Hause bei dem großen Speisezimmertisch. Mit aufgestützten Armen. Ihre immer noch fiebermüden Glieder wollten nicht recht gehorchen, wollten sich legen, sich strecken, ganz ausdehnen. Durch die Fenster flimmerte gelb das Licht der Straßenlaterne. Draußen muss viel Schnee fallen.

Und die lebendige Uhr hinter ihr zerschneidet die Zeit, metallhart. Aber der Kasten dort und die Stühle ringsherum rücken weit weg, fort in das Graue, dass sich die hohen Fensterkreuze dehnen müssen. Und nichts um sie als luftloser Abgrund. Weite. Leere. Da drinnen muss einmal eine Fliege ertrunken sein. Über Ruths Haupt hebt sich die Decke. Ihre Füße treten das oben. Noch saugt ihr Blick das Zimmer in sich. Noch kann ihr Blick die Weite überwinden. Noch. Aber das Lid wird ihn verdecken. Dann ist sie ganz allein.

Wie Vater. Wie Thomas.

Sie ist auch allein, wenn Mutter im Nebenzimmer mit Martha spricht. Wenn sie Richard und Gustav auf der Straße trifft oder mit Norbert zusammenkommt. Wenn sie einen Schutzmann nach einer Hausnummer fragt oder nicht weiß, wie viel Trinkgeld der Kellner bekommen soll. Ach, so allein, mit offenen Augen. Die alles sehen.

Eine Woche später brachte man Ruth in ein Sanatorium wegen einer Operation. Sie war sehr müde. Aber auch sehr neugierig. Sie dachte: es ist doch unglaublich, dass man so einfach in mich hineinschneiden kann. Und man spritzt mir etwas unter die Nase und dann bin ich nicht mehr da. Wo ich nur sein werde. Ich muss sehr gut achtgeben.

Der Chirurg hatte ein schmales, feines Gesicht mit zu großem Kinn. Seine Hände waren grobknochig, wie von einem Fleischhauer-Gehilfen. Aber er zog sich dann Gummihandschuhe an. Und seine Hände wurden zum Werkzeug, das ineinander beißt.

Sechs junge Ärzte standen herum wie Schachfiguren. Und Schwestern leidend und demütig. Der Operationsraum war groß, zu licht, blitzend, spiegelnd. Ruth sah in den schneetoten Park hinunter, auf die uralten, schneebeladenen Bäume. Die Wintersonne stieß gegen die dicken Wolken. Ruth empfand die kühle Verzweiflung eines Sterbenden, der einmal, im ersten jungen Frühling dort unten gelegen sein musste, mit zerfleischtem Körper eingepackt in weiße Tücher.

So wie man sie jetzt einpackte. Sie wollte schreien: Was tut ihr mit mir? Da lag sie schon auf dem blanken Tisch: Sie spürte einen niederträchtigen Geruch sich in die Kehle hineinfressen, dachte: Ihr zwingt mich doch nicht –

Da war sie aus sich heraus gestiegen und stand neben ihrem starren Körper. Sah sich selbst nackt und preisgegeben daliegen, sah jeden Zug ihres Gesichtes, das sie ja gar nicht gekannt hatte. Mit geschlossenen Lidern. Sah die strengen, furchtbar fremden Augen der Ärzte, die bloßen sehnigen Arme des Chirurgen, die Schwestern über die Instrumente gebeugt ...

Die weiße, glattgetünchte Wand riecht so sonderbar. Sie muss sehr hoch sein. Man kann gar nicht an ihr hinaufsehen. Und die Gelenke sind gefesselt, stöhnen unter eisernem Druck. Der auch von oben kommen muss.

In den tiefblauen Himmel stößt sich ein weißer, steifer Ast.

Neben Ruth steht eine Schwester mit bleichem Gesicht. Eine Schwester, die sie nie gesehen hat. Ein Ast, den sie nie gesehen hat. Eine Wand, die sie nie gesehen hat.

Sie kann ihr Bett kaum überblicken. Dort am Fußende sitzt ja Mutter. Ihre Bluse ist zerdrückt. Wie unangenehm. Und sie lächelt so, als ob sie alles wüsste, genau wüsste, was sie ja gar nicht wissen kann.

Sie ist in einer Welt, in der sie noch nie war. Sie muss einmal Ungeheures erlebt haben. Aber hier kann man davon nichts wissen. Darum liegt sie gefesselt an allen Gliedern, Sehnen und Gelenken, an allen Muskeln, allen Nerven. Vielleicht hat man ihr beide Füße weggeschnitten. Sie muss tasten. Sie kommt nicht bis dorthin.

Mutter und die Schwester lächeln. Das ruchlose Lächeln der Nichtverstehenden. Sie will weinen vor Zorn. Und erbricht.

Sie liegt stumm und verzweifelt, bis sie fragt: Ist mein neues Kleid schon gekommen? Dann gehört sie wieder der Welt, die von Mutters Rechenbüchern beherrscht wird und Richards verwunderten Augenbrauen. Aber irgendwo sind doch auch gelbe Phiolen und der Duft fremdartiger Chemikalien, ätzend, zersetzend.

Ruth saß mit Mutter an dem gedeckten Tisch mit dem rotgestickten Milieu[11] und den glotzäugigen Teetassen. Die Lampe brannte fetzig grün. Aber sie war ihr dankbar. Und den Teetassen und den fetten Butterbroten, die an Agnes kräftige Arme erinnerten. Wie das nach Alltag schmeckte. Und wie wunderbar sicher das war, wohlig geborgen. Sie möchte sich in die saftgrünen Vorhänge hinein verstecken und ein ganz dummes Backfischbuch lesen, wo es nur Schulsorgen gibt und wunderbare Bräutigame.

In der Nacht kann sie nicht schlafen. Sie liest die Zeitung bis zur letzten Annonce. Das Zeitungsblatt schlägt eine Ecke nach oben, leckend. Sie löscht das Licht. So müde. Das Zeitungsblatt war leckend, saugend. Das Blatt ist eine rote, fleischige Tierzunge. Die Zunge saugt, leckt.

Da ist nur noch die weiße, glattgetünchte Wand. Und der lange, grässlich arme Tierkopf, der aus ihr herauskommt. Schmal. Die Augen arm, in sich geknechtet. Er schleckt mit schiefer, gieriger Zunge eine salzige Flüssigkeit von der blendenden Wandfläche. Er schleckt, leckt, saugt sich an –

Sonst ist nichts mehr da. Der Kopf steht in die Luft hinaus, brüllt –

Rechts steht ein Mann und links steht eine Frau. Ein Mann, eine Frau. Sie hält den großen Spitalslöffel in der Hand, sieht den Mann fragend an.

---

[11] *Milieu:* Tischdecke

Und er sagt mit unendlicher Geringschätzung: Gib. Was ist das ganze Leben denn mehr wert als ein Schluck Wasser für ein durstiges Maul.

Der Tierkopf schleckt –

Ruth saß schreiend im Bett. Mutter kam hereingestürzt. Ruth konnte nicht sagen was ihr fehle. Dass das lange, armselige Tier-Maul alles war, die ganze Welt und immer weiter an der Wand saugen musste. Nein, das konnte man nicht sagen und sie ließ sich fortwährend von den anderen die wichtigsten Zeitungsereignisse erzählen.

Damals sehnte sie sich maßlos nach allen Menschen, die sie je gesehen hatte, am meisten nach einem kleinen, verwachsenen Stubenmädchen, das ihr vor Jahren Geschichten aus einem böhmischen Dorf erzählt hatte, wo die Kinder im Hemd im Dorfteich schwammen.

Sie bettelte sich hinter der grauesten Alltäglichkeit durch. Sie verdurstete vor Sehnsucht, wieder in sie aufgenommen werden zu dürfen. In eine Sphäre von Geschäftsbesen, Kaffeetassen und Nachtwächtern. Ihr war jeder Schuhriemen wichtig.

Norbert kam am nächsten Mittwoch. Aber ohne Onkel Gustav. Der lag wieder elend in seiner Dachkammer.

Norbert war avanciert in seinem Amt. Er unterstand dem Vater seiner Braut. Alle gratulierten ihm. Ruth schüttelte ihm beide Hände. Er sah sie an, hundetreu, traurig.

Nach dem Essen setzte er sich in ihr Zimmer auf das kleine, wacklige Kindersofa. Sie saß neben ihm und dachte: Warum bin ich jetzt nicht in Australien oder auf einem großen Schiff.

– Nicht wahr, Ruth, Sie verachten mich? ... – Ruth sah auf. – Nein, warum denn? – Weil ich avanciert bin. – Was meinen Sie damit? – Ach Ruth, Sie wissen ganz gut was ich meine.

Ruth sah in den winterblauen Nachmittag hinaus und wusste auf einmal, was er meinte. Sie dachte: Und dann nach Australien mit einem großen Schiff. Sonnenuntergang weit hinten im Meer und weiße, wehende Schleier. Das wäre freilich etwas.

Dann sah sie seine graue Weste und dachte an den Spitzeneinsatz der Braut und musste fast lachen. – Nein, Norbert, sagte sie hochmütig, ich verstehe Sie nicht.

Aber sie sah ihn in der flimmernden Sonne eingezäunt in einer streng gekrümmten Linie. Seine Grenze. Über die durften seine treuen Hände nicht hinaus. Wenn er stirbt, dann wird die Linie zum Viereck und macht Wände und ist der Sarg.

Ruth schauderte und einen Augenblick dachte sie: Ich muss ihm helfen, vielleicht ihn lieben. Aber sie verstand seinen beamtenbrav geschniegelten Kopf und ekelte sich vor der schnurgeraden Scheitellinie. Unmöglich. Da war die Grenze.

– Wissen Sie schon, dass mein Freund, der Leutnant fast gestorben ist, sagte Norbert. – Nein, wieso? – In einem Duell wegen einer Ballett-Tänzerin. Zwei Schüsse durch die Lunge.

Ruth sah vor sich dicke rosa Schminke, rosa Balletträckchen und rosa glatte Füße. Dazwischen blutend aufgedunsen die Lunge des Leutnants. Seine schwarzen Zähne. Das war der Tod.

Am nächsten Tag kam die alte Friseurin heulend. Der Arzt habe gesagt, wenn ihr Bub nicht bald in eine Anstalt käme, sei seine Tuberkulose nicht mehr heilbar. Ruth schnitt sich mit den Nägeln in die Hände. Was schreit sie so, Thomas ist doch schon lange tot und das kleine Ungeheuer, die Nähmaschine ist ein Leichnam, der sich aufbläht mit den Erlebnissen anderer. Und was will der grüne Bub vom Leben. In einer Schreibstube geometrische Zeichnungen machen. Keiner kommt bis Australien.

Mutter versprach, ihr Möglichstes zu tun. Am Abend sagte Ruth verzweifelt: – Mutter, müssen wir denn alle sterben?

Richard hatte sich verlobt. Mit Norberts Schwester. Ruth erinnerte sich: aufgestülpte Nase, aristokratisch tiefe Stimme, dicke kleine Freundin. Auch gut. Im Übrigen war es ihr ziemlich gleichgültig.

Einmal, während des Mittagessens, kam ein Mädchen, bleich, trostlos, das Richard sprechen wollte. Ruth hatte ihr die Türe geöffnet. Richard war bei seiner Verlobten. Das Mädchen stöhnte auf. Sie packte Ruth beim Arm: Helfen Sie mir. Ruth sah ihr in die hübschen Kinderaugen, die voll Tränen standen und führte sie in den Salon.

Mutter kam dazu. Die alte Geschichte. Das Kanzleimädchen. Mutter weinte auf und versprach fast flehend zu helfen. Aber sie müsse schweigen, um Gottes willen.

Als das Mädchen gegangen war, fragte Ruth: Wie willst du ihr helfen? Mutter sagte: Geld. Und Ruth hasste sie. Sie dachte an das winzige Geschöpf, das schon im Mutterleib erwürgt wurde von fremden Händen. Wirklich fremden Händen –

Mutter weinte den ganzen Nachmittag durch: Dass sie keine Ahnung haben konnte. – Mir hätte er es doch sagen können, mir, immer habe ich alles von ihm gewusst, seit er ein ganz kleiner Bub war. Da ist auch nur dieses Frauenzimmer schuld. Aber er hat mir ja geschworen –

Ruth kam es lächerlich vor, dass Mutter jemals glauben konnte, Richards Vertraute zu sein. Aber Mutters Augen waren wieder so zerbrochen. Mit zornbebender Stimme sagte sie: – Dazu bin ich doch da, um von euch alles zu wissen. Ruth ging aus dem Zimmer, etwas in ihr rief: Und dann bist du eben tot.

Wo war Mutters Leben – bei ihren drei Kindern, in Vaters Grab – bei den gelben Phiolen –

Ruth sagte zu Martha: – Da bekommt Richard ein Kind und Mutter weiß es nicht einmal. Das ist wirklich eine Schmach, aber sie wird ja alles mit Geld gutmachen. – Woher weißt du, dass das Kind zur Welt kommt? sagte Martha, lehrerinnenhaft überlegen. – Martha, du gehörst auf den Scheiterhaufen.

In der Nacht sah Ruth Martha auf der Straße, im Sonnenlicht, mit einem langen grauen Regenmantel. Ernst, streng und emsig, mit toten Augen und blauen Nägeln.

So war sie denn von lauter Toten umgeben. Richard war ja auch tot. Er tat nur so überlegen. Aber sein Leben lag im Leib jenes jungen Mädchens und seine eigenen Finger erdrosselten es.

Er steckte auch in einer Grenze, wie Norbert. Die lief weiter weg von ihm als bei diesem, aber sie war tief eingegraben. Er verstand sieben Sprachen. Er kannte alle Wagner-Opern. Er heiratete Norberts Schwester. Er eroberte sich einen guten Platz in der Welt. Er hatte einen großen Sarg.

Ruth sehnte sich wieder unsäglich danach, tot zu sein wie Thomas. Nicht mehr scheinlebendig. Aber nur nicht sterben. Sterben tat ja sicher entsetzlich weh. Schon lange tot sein. Ohne denken, ohne Verantwortung für den nächsten Tag –

An Onkel Gustav hatte man über Richards Verlobung ganz vergessen. Eines Tages kam seine Hausmeisterin mit sensationslüsternen Augen. Es gehe ihm sehr schlecht, er röchle furchtbar.

Mutter weinte zuerst, ehe sie sich ankleidete, um hinzugehen. Ruth ging empört in ihr Zimmer.

Sie wollte Onkel Gustav nicht mehr sehen. Was liegt ihr überhaupt an Onkel Gustav. Sie hat ihn immer verachtet. Sie wird sich heute nichts vormachen, so wie Mutter. Gewiss nicht.

Sie setzte sich an ihren Schreibtisch und versuchte eine italienische Übersetzung zu schreiben. Ihr Geist war dabei. Aber in ihren Händen kochte ein fremder, fieberhafter Puls.

Durch die Fasern des Fleisches gräbt sich, stößt sich blühende Lebenskraft. Aber ganz innen in ihrem Leib fällt etwas ab, bröckelt etwas ab, mürb und müde. Wer presst ihr die Brust zusammen und würgt sie, dass sie husten muss – Ist das Schleim und Blut – Ist das ihre eigene Kehle –

Über Ruths italienisches Übersetzungsbuch steigt wie Frühlingsatem empor die freche Liebe der jungen Wilden, die Gustav einmal an sich reißen wollte. Von der sie nie etwas gehört hat. Und es riecht nach faden, blonden Madonnenhaaren, Ansichtskarten mit weißen Kaninchen. In weiter Ferne leuchtet ein lichtes Ährenfeld im Juli-Wind, eine marmorbleiche Haut. Und die alte Geige lehnt an dem rußigen Eisenofen.

In Ruths Knochen bricht etwas. Das Mark wird zerrissen. Ein Leben stirbt, das sie nie gekannt hat. Ein Leben, das sie mitgetragen hat in ahnungslosen Händen. Onkel Gustav stirbt.

Ruth steht auf in erstarrtem Entsetzen. – Agnes, ruft sie in die Küche hinein, singen sie nicht so laut, wir sterben heute.

Sie geht durch die weißerstarrten Gassen. Deren grelles Gefunkel in der Sonne schmerzt. Der Himmel ist tief dunkelblau. Onkel Gustavs höchster Wunsch war immer, einmal nach Italien zu kommen. Der Schnee zerbricht unter ihren Schritten.

Vor Gustavs Haustor will sie noch umkehren. Mutter wird sicher weinen. Richard und Martha machen traurige Gesichter. Norbert ist gewiss auch da. Nein, es ist unmöglich hinaufzugehen. Aber da ist noch Onkel Gustavs Hund. Sie kriecht über die Treppen.

Onkel Gustav hat das Gesicht zur Wand gekehrt. Der Hund liegt auf seinen Füßen. Den lässt er nicht von sich. Aber sonst kennt er niemanden.

Ruth will die weinenden, die gefassten, die wichtigen Gesichter nicht sehen. Sie geht an das Fenster. Sie möchte es aufmachen. Aber sie ist gelähmt. Auf dem Fensterbrett steht eine halbgefüllte Teetasse mit schief abgebröckeltem Rand. Und ein rostiger Löffel. Es ist doch gut, dass Onkel Gustav stirbt.

Der Arzt unterhandelte mit Richard und Martha, wie man Mutter am besten aus dem Zimmer bringen könne. Er hatte seine geschäftsmäßig traurige Miene. Ruth wollte sich nicht umwenden.

Die Sonne war untergegangen, draußen in ferner Ebene.

Onkel Gustav röchelte.

Norbert trat zu ihr: Ruth – Lassen Sie mich. – Aber Ruth – So lassen Sie mich doch, was wollen Sie von mir. Gehen Sie hin zu ihm. Legen Sie sich auf seine Füße. Wärmen Sie ihn.

Onkel Gustav röchelte.

Blut und Schleim.

Es wurde ganz dunkel.

Mutter war von Martha weggebracht worden. Der Arzt war fort. Norbert auch. Richard saß in einem Sessel, den Kopf in die Hände gestützt. Die schmierige Hausmeisterin machte sich an Gustavs Bett zu schaffen. Ruth stand unbewegbar erstarrt an dem Fenster.

Da schrie der Hund.

Ruth war bei Gustav. Aus seinem herabgefallenen Kiefer quoll das Blut auf die sterbende Brust. Ruth legte die Hand darauf. In Liebe. Dann brach sie zusammen. In Ekel ...

Alles roch nach dem Leichenbitter, der vor Gustavs Tür stand. Auch die Blumen in der Blumenhandlung. Mutters schwarz gerändertes Taschentuch. Und das italienische Übersetzungsheft. Die dumpfen Kreppschleier.

Alle sprachen lieb von Onkel Gustav. Ruth hasste alle. Nicht weil sie ihn gemordet hatten. Aber weil sie mit ihrem bisschen kläglichen Gernhaben protzten. Keiner kannte das große Erbarmen. Auch sie nicht mehr. Eine Sekunde lang hatte sie es empfunden. Seither war ihr, als trügen ihre Hände vernarbt Kreuzeswunden, mit rostigen Nägeln durchschlagen. Aber vernarbt.

Sie trauerte nicht. Kam nicht einmal mit zum Leichenbegängnis. Ging zur selben Stunde mit dem namenlosen Hund spazieren. In einer blauen Bluse, durch taubelebte, klatschende Gassen.

Sie bürstete den Hund und fütterte ihn. Aber sie hatte eine furchtbare Angst vor seiner langen, spitzigen Schnauze. Die dem schmalen Tiermaul an der weißgetünchten Wand immer ähnlicher wurde. Ach Gott, wie so ähnlich –

In den verständnislosen, angstvollen Augen des Hundes lag der Schmerz einer geprügelten Welt. Und unendliche Sehnsucht. Wonach – Nach dem Schluck Wasser –

Wie einsam musste Onkel Gustav gewesen sein.

Ruth fürchtete sich vor den langen, spitzen Zähnen des Hundes. Er lief ihr nach auf Schritt und Tritt. Und sie konnte ihn nicht zu den andern zwingen. Die riefen ihn bei dem englischen Namen, den Mutter ihm gegeben hatte.

In der Nacht lief er winselnd vor ihrer Türe hin und her, bis sie ihn in das Zimmer ließ. Dann schlief er in einer Ecke. Sie aber hielt die Augen weit offen vor Grauen. Dort lag das Tier.

Fell, gierige Zähne, saugende Zunge.

Das Tier atmete lauter und rascher als sie. Zerstörte den Rhythmus ihres Zimmers. Das war zum Stall geworden.

Alle riefen den Hund bei dem englischen Namen. Er gehorchte keinem.

Einmal riss sie ihn an dem Halsband zurück, als er aus dem Kübel trinken wollte. Da schnappte er nach ihr. Das Blut tropfte aus drei großen, tiefen Löchern in ihrer Hand. Ihrer schmalen, braunen, suchenden Hand. Wie sie diese Hand liebte. Ihre Hand. Ihre glatte Menschenhand.

Sie bekümmerte sich nicht mehr um den Hund. Er folgte niemandem und Mutter ließ ihn vertilgen.

An diesem Abend saßen sie alle unter der Speisezimmerlampe. Und Mutters Rechenbücher beherrschten die Mitte. Richard sagte: – Der arme Kerl. Eigentlich bist du schuld an seinem Tod, Ruth. – An Onkel Gustavs Tod? – Nein doch, ich meine den Hund. – Ach so.

– Hilf mir, Richard, sagte Mutter über den Tisch herüber. Ich kenne mich da nicht aus. – Richard beugte sich über ihre Schulter. Dann sagte er mit traurigem Gesicht: – Diese Rubrik können wir jetzt streichen. Und zog mit rotem Bleistift einen dicken Strich über eine halbe Seite. Ruth sah oben den Namen Gustav.

Nein, das war unmöglich, nein, das konnte man doch nicht tun, mit rotem Bleistift, rotem Bleistift –

Ruth sagt noch immer: Roter Bleistift, vor sich hin. Sie geht durch dunkle, frostdumpfe Gassen. Sie läuft. Sie fliegt.

Jemand ist geschändet worden. Wer ist geschändet worden. Der Tod ist geschändet worden. Christus ist am Kreuz gestorben und man betet zu ihm um gutes Wetter. Gustav ist gestorben und man streicht die Ausgaben für ihn mit rotem Bleistift aus dem Einschreibebuch.

Sie will nie mehr nach Hause zurück. Lieber in ein Freudenhaus.

Wer will nicht zurück – Ihre Glieder tragen Mutters Ungeduld und Vaters Leiden. Richards Hochmut und Marthas Resignation geben ihr ihre Kopfhaltung, ihre kindische Würde. Als Onkel Gustav sterben musste, war etwas in ihrem innersten Mark zerrissen.

Jedes einzelne Blutgefäß spinnt einen langen Faden aus sich heraus in Mutters Hände hinein, die ja so fremd sind, so in sich zerbrochen. Aber eine Stimme schreit aus Ruths Kehle, die ist ganz neu. Vielleicht kommt sie von den Obstbäumen auf den wilden Feldern, die alle in ein paar Monaten blühen werden.

Noch presste die Kälte die Häuser zusammen. Und alle Menschen steckten in wollenen Jacken, deren Farbe nicht schön war.

Ruth kauerte tagelang vor ihrem kleinen Ofen. Ihr Körper war steif geworden und ihr selber unbekannt. Vor diesem Ofen war Thomas an seinem letzten Abend gelegen. Und sie selbst. Und vielleicht noch ein dritter.

Nun ist sie müde, nicht zum Sagen müde. Sie möchte sich die Haut von den Armen streifen. Sie möchte sich in sich hinein verkriechen und in einer dunklen Ecke verstecken. Allein sein. Sie kennt niemanden mehr. Was wollen alle diese von ihr, diese Lügner, die nur zum Schein ganz leben und an hundert Stellen getötet sind. Diese heimlichen Mörder untereinander.

Wo ist ihre Grenze. Sie kann sie nicht erblicken. Sie späht um sich mit leeren Augen. Wer sieht aus ihr heraus? Wer wühlt mit bleichen, schweren, kraftlos vollen Händen in ihrem Hirn? Das alles kann sie doch allein so ganz unmöglich verstehen. Sie ist ja jung, in ihren Zehen federt die Sprungkraft ihrer Jahre.

Sie möchte schon lange tot sein. Aber sie wird jetzt nicht sterben. Sie genießt nur die süße Müdigkeit und darf sie doch nicht bis an das Ende kosten. In ihr lebt ein Fremder, Mächtiger. Und denkt.

So kauert sie vor dem verglühenden Ofen. Der immer weiter brennt.

Vision

UNTER DEN HOCHKREUZIGEN FENSTERN läuft die Straße. Die Straße, die alle gehen müssen. Die eine Straße. Der eine Weg.

Pferdehufe schlagen das bucklige Pflaster. Wagenräder, die in sich zerbrechen, kratzen darüber hin. Und so viel Schuhe. Hochmütig spitze aus weichem Leder, behäbig breite, löcherige und Holzsandalen.

Vielleicht sind alle die Eilenden lautlos. Und nur der rohe Stein lärmt. Poltert, rattert, zerschmettert – in nichts.

Die Luft war weich geworden und der Schnee schmolz in großen, brandigen Klumpen. Strähnig schleckte er sich über die Dächer. Schwamm in den braunen Pfützen. Die Schaufenster waren frisch gewaschen. Straßenlichter stritten mit langer Dämmerung.

Das war schon immer gewesen. Ruth lag vor ihrem Fenster und getraute sich nicht, es zu öffnen. So war sie einen ganzen, langen Scharlach hindurch einmal an den Fenstern gelegen. Als sie so klein war, dass sie ein Fragezeichen von einem großen ›S‹ nicht unterscheiden konnte. Und beide ineinander an das trübe Fensterglas zeichnete. Als sie zu Mutter betete und ihre Furcht vor der nahen Nacht unter erdachten Abenteuern vergrub.

Nun lag sie an dem Fenster und wusste: Dieses junge Mädchen wird bald ein neues, lustig blaues Sommerkostüm bekommen. Der Mann dort schleppt die eine Achsel schwer. Er muss viele Lasten darauf getragen haben. Warum lebt die alte Frau noch, mit den traurigen weißen Haaren? Ob das kleine Mädchen mit der Springschnur auch so parkmüde ist, wie sie es immer war, nach den stundenmäßig eingeteilten Spaziergängen –

Sie gingen alle in einem Rhythmus. Ruth spürte das gleichmäßige Aufschlagen der Sohlen – jetzt – und jetzt – wieder – und jetzt – wieder – und jetzt. Ein Betrunkener johlte unten in dem Wirtshaus, dass man den sauren Weingeruch heraufwirbeln fühlte. Dann das Schweigen der Schritte – jetzt – und jetzt – wieder und jetzt –

Bis ein Lastwagen dieses Schweigen zerbricht, sodass tausend lebendige Splitter über den Rinnstein springen.

Richard kommt die Straße herunter. Er trägt noch den steifen, schwarzen Hut, wie im Winter. Er weiß nicht, dass heute Sommer ist. Dass sich alle ungefesselten Glieder ausziehen müssen und dem durstenden Föhn anbieten. Mutter schlägt im Nebenzimmer eine Tür zu –

Ruth suchte sich pfeifend ihren alten Strohhut aus einem eingekampferten Kasten. Schlug ihn platt auf den Tisch, dass das Geflecht knirschte. Und lief davon. Ohne Handschuhe.

Lief durch die eine Straße. Den einen Weg.

Wann war es das erste Mal, dass sie so gelaufen war? Dass ihre selig gläubigen Füße sie über Tiefen springen ließen, die zwischen den Pflastersteinen lauerten. Wann war es – gestern – heute – morgen wird es sein –

Die Erde ist schwanger von blühendem Leben. Und das Geborene ist tot. Und die Luft ist schwer zu atmen vor erstickten Keimen.

Braungrün schwimmen die Pfützen im letzten Tageslicht. Die Laternen flimmern bloß.

Ruth läuft den einen Weg. Die eine Straße. Es ist ja immer dieselbe eine. Mit jedem Schritt fällt ein Stück Last von ihren schmalen Schultern. In die tauende Erde. Aber sie kehrt nicht um, damit sie dieses Stück in den Boden hinein zertritt. Recht fest. Nein, sie läuft ja immer weiter.

Ein Kutscher knallt mit der Peitsche. Ein altes Weib keift – oder vielleicht erzählt sie nur. Aber immer weiter, immer weiter, den einen Weg. Die Straße ist ja furchtbar schrill, die Häuser haben so empörend scharfe Kanten, die die Luft zerschneiden, wie aufgestellte Messer.

Aus den offenen Fenstern fällt eine grauweiße Masse heraus. Sind das schmutzige Leintücher – Die wollen sie hindern am Weiterkommen auf dem einen Weg.

Nein, diese vielen, empörend fremden, gleichgültigen Menschen. Da schmeißen sie die ganze Winterausdünstung auf die Straße herunter. Ihr entgegen. Diese vielen. Und sie sucht nur den einen.

Wer sind die alle, die sie nicht lieben darf – Diese Holzpuppen, die es wagen ihr Schuhe zu machen und Gesetze zu geben. Die nach Schweiß stinken und Bier. Sie sucht den einen.

Sie will die alle ja gar nicht kennen, die da gierig an ihr vorbeilaufen. Sie weiß so schmerzhaft gut, was sie suchen, was sie niemals finden. Warum weiß sie es so gut. Sie will es gar nicht wissen. Will zu dem einen.

Unverständige Kinder dulden stumm die Schmerzen der Eltern mit. Und heben, aufgewachsen, die Hand gegen ihre Erzeuger. Spitze Tiermäuler saugen die Menschenliebe von den Mittagstischen. Und Krieg liegt in den nahen Grenzen.

Warum weiß sie das. Sie geht nur zu dem einen. Der weiß es auch.

Die grauen Leintücher werden immer dichter. Man sollte die kantigen Häuser untergraben, sprengen, dass alles Geschirr aus den Fenstern stäubt, die blumigen Suppenschüsseln, die blauen Kochtöpfe. O, wie sie lachen wird. Mutter schlägt die Hände über dem Kopf zusammen. Aber Thomas hätte auch gelacht. Die Grundmauern der Häusermassen sind lange nicht so fest wie die beschmutzten Ecksteine. Aber was braucht sie das zu wissen. Sie geht zu dem *Einen*. Er soll es wissen.

Man darf nicht warten bis die Häuser einfallen. Die große Fackel muss man nehmen, Thomas' Fackel. Die liegt bereit, nicht weit weg. Lichtzüngelnde Flammen sollen die grauen Leintücher zerfetzen. Hoch hinauf, das muss geschehen. Sie weiß es. Nein, sie wird es nicht lange mehr wissen. Sie läuft hin zu dem *Einen*. Er soll es wissen.

Da steht sie vor seinem Haus. Seine Fenster sind dunkel. Viel dunkler als die verschwommene Straße. Und ganz leer.

Er ist also auch heraußen. Vielleicht geht er sogar hinter ihr, neben ihr. Sie kann nur den Kopf nicht wenden. Weil sie immer weiter gehen muss, geradeaus.

Ihre Hände sind heute schwer und voll und weich und weiß. Die Schultern legen sich nach rückwärts, künstlich steif. Eine lichtbraune Locke, die gerne zigeunerhaft sein möchte, hängt in die Stirn.

Wie jung der Winterfrühling ist. Und wie alt die Einsamkeit. Wohin gehen, wenn das Zimmer nur voll ist von einem selber. In den gelben Phiolen brodelt man selbst, verdickt, kondensiert.

Es gibt Kaffeehäuser mit rauchigen Tischen und zahllosen Zeitungen. Dort sich niedersetzen. Die Kellnerinnen sind liebenswürdig, bedienen gerne.

Eine dicke Brille schützt den scharfen Blick gut. Sie ist aus solidem Fensterglas. Besser in das hohe Weinglas schauen als um sich herum. Die Luft ist dick von grauen Leintüchern. In denen die kampfunfähigen Glieder schon oft sich vergraben haben.

Zwei Commis spielen Billard. Die Glücklichen. Und jeder weiß, wohin er dann gehen wird. Die Glücklichen.

Die Indianerhäuptlinge in den Knabenbüchern wussten auch immer wohin sie gingen, nach den furchtbaren Schlachten. Diese Leute langweilten sich nie. Dachten auch nie. Das hatten sie nicht notwendig. Sie lebten auf wilden Pferden in unabsehbaren Prärien. Wehendes Gras unter lichtschwimmendem Himmel. Wo sind diese Füße – Sechs Häuser weit weg von der Gasse. Aber die Füße sind steif. Und der Kopf arbeitet an einem mathematischen Problem.

In den schmierigen Marmor des Kaffeehaustisches zeichnen schwere, bleiche Hände tote Formeln.

Die weiche Luft, die zugig durch den Rauch schlägt, ärgert diese Formeln. Diese Formeln bekommen blühende Rundungen. Leberblümchen, Primeln – o, nein, grinsend verzerrte Buchstaben.

Die Knochen sind sehr schwer. Aber sie sind einander wohlerzogen angegliedert. Und bleich. Nicht roh durcheinander gebeutelt wie bei Thomas. Zum Glück – oder Unglück.

Sie gehören einem Menschen an, der im Parkett des Theaters sitzt und den Vorgängen auf der Bühne zusieht, sehr interessiert und sehr fremd. Aber zuhause wartet kein verschlossenes Zimmer auf ihn, vor dem er Angst hat, weil er nicht alle seine Geheimnisse kennt.

Deshalb sehen die erlebnislosen Zuschauerblicke alles so genau, viel zu genau und verstehen alles genau, viel zu genau, wissen alles.

An einem Sommerabend kniete einmal ein kleines Mädchen vor dem Tisch und biss in die Kante, dass das Holz zersplitterte. Ihre Seele lag nackt und zitternd einsam auf einem dunklen Seziertisch vor fremden, prüfenden Augen. Zerschnitten. Aber die Zähne zerbissen den alten Tisch. Kräftige Zähne. Ein fremdes kleines Mädchen.

Durch die Kaffeehaustür geht eine üppige Frauensperson. Selbstgeschlossen in ihrer Reife. Rotblondes Haar und Lippen, die Geld fressen wollen. Der Hut wippt zu hoch, über einer hässlichen Stirn. Ihr nach.

Ihr nach durch schlüpfrige Gassen und winkelige Höfe. Wie stolz sie geht, sie ist eine Königin der Erde. Karminrot geschminkt. Alle Königinnen sind karminrot geschminkt.

Nicht die volle Hand berühren. Aber hinter ihr her gehen. Langsam, kostend.

Sie geht auf ein Haus zu mit verschlossenen Laden. Im Parterre sind weiße Spitzenvorhänge und über dem Tor glüht brünstig die rote Laterne –

– Wohin will das Fräulein – ein junger Kellner mit schwarzen Zähnen im grünbleichen Gesicht tritt ihr entgegen. Die Zähne des Leutnants. In der kleinen Halle stehen rote Korbsessel.

– Entschuldigen Sie, sagte Ruth aufmerksam und langsam, ich glaube, ich bin in ein falsches Haus geraten. Lief dort nicht jemand über die Treppen mit zurückgelegten Schultern? –

Ruth fuhr mit der Straßenbahn nach Hause. Im roten, lärmenden Tabaksdunst. Ihre schmalen, braunen Hände spielten auf den Knien. Da waren noch die Narben von dem Hundebiss. Ihre Hände. Braun. Vielleicht auch etwas gelb von den Phiolen.

Auf seinem Schreibtisch war einmal ein scharf geschliffenes Messer gelegen. Das schneidet gut. Es riecht nach Blut und Chemikalien.

Soll sie sich das Messer holen? Die zarten Adern aufschneiden? Was kann das nützen. Von den feinsten Poren des Hirns aus durch den ganzen Körper strömen die müden Säfte eines verbrauchten Lebens. Gift.

Das findet kein Messer. Er hat gut experimentiert. Die Phiole brodelt.

Ruth sieht um sich. Aber in ihren entkleidenden Blicken leuchtet eine junge Kraft.

Abrechnung

ICH KOMME ZU DIR, sagte Ruth. Und seine Augen zitterten. Triumph.

Das ganze Zimmer warf sich ihr entgegen in einer Staubwolke. Verweste Gedanken. Sie lächelte.

– Wie ich mich freue, dass du wieder da bist. Er drückte liebenswürdig ihre Hände. Sie fühlte, dass sie müdbraune Handschuhe hatte. In den Schaufenstern der Juweliere liegen Diamantarmbänder.

Auf dem unordentlichen Schreibtisch kollern sattgelb Minerale. Wo sind die Phiolen – und das scharf geschliffene Messer – ist das Thomas' Messer –

– Warum hast du die Fenster nicht offen? In den Gärten liegt Flieder. Doch nein, lass es.

Ruth lächelte, während sie dachte: wozu die wirren Locken – Er könnte genau so gut einen braven Scheitel haben wie Norbert.

Und als er mit den großen, zerbrochenen Bewegungen die Zigarre anzündete – wie immer – stürzte das Gleichgewicht der Frühlingsstraßen draußen in sich zusammen und zwischen den zersplitterten Pflastersteinen tanzte Bella mit Thomas. Aus Mutters Kommode taumelten Briefe –

– Du sprichst gar nichts, sagte er. – Du weißt alles, sagte sie.

Dann schwiegen beide. Aber wie die Dämmerung so weit hereingekrochen war, dass das steifbeinige Zifferblatt der Uhr verschwimmen musste, sagte Ruths Stimme, fremd und hell:

– Du wartest, dass ich dir erzähle. Was soll ich dir erzählen? Es ist nichts geschehen. Es ist etwas Ungeheures geschehen. Ich trage bis heute die ganze Last deines verbrauchten Lebens in mir.

Ich sehe deine weißen, mörderischen Hände. Wenn es auch dunkel ist. Warum hast du niemals Leberblümchen mit ihnen gepflückt oder Primeln. Stiefmütterchen, die zwischen den Bahnschwellen liegen. Warum bist du denn immer hinter den langweiligen Bahnschranken stehen geblieben und niemals mitgefahren in federnden Kissen. Deine Hände sind auf den weiß gestrichenen Schranken gelegen. Noch als du ein kleiner Junge warst und hinauf greifen musstest. Sie haben sich nicht getraut, eure Kaninchen zu erwürgen. Obwohl sie es so gerne getan hätten. O, du hättest es tun sollen –

Aber das Weiße in Mutters Augen ist zerbrochen. Ich weiß es.

Ich weiß jetzt alles. Und ich fühle den Zorn, der deshalb in dir tobt. Und die blutlechzende Freude, mit der du mich wiederkommen siehst. Denn ich bin wiedergekommen.

Weil ich deine feigen Nächte kenne. Deine Phiolen –

Er war aufgesprungen und stand vor ihr, so groß und dunkel, dass die Dämmerung bleich werden musste und verdrängt.

Da sank sie in sich zusammen: – Ich liebe deine Hände. Ich liebe deine Minerale. Ich liebe dein Gift – dich –

Er beugte sich über sie, tief, erdrückend.

Sie bäumte sich auf. Und fühlte seine kampfbereiten Muskeln.

Er keuchte: – und –

Sie neigte den Kopf: – Ich habe mich ergeben ...

Als sie wieder aufschaute stand er in einer Fensternische, bleicher als dic Dämmerung. Und das Zimmer war weich geworden und willenlos ausdehnbar. Ohne Kampfkraft.

Ruth stand auf und lächelte: – Ich glaube, jetzt haben wir einander nichts mehr zu sagen.

Und sie ging durch die nachtschweren Gassen, sich badend in dem blütenschwangeren Regen des Mai.

— ENDE —

Über Maria Lazar

MARIA LAZAR (1895–1948) war zu ihrer Zeit keine Unbekannte, im Gegenteil schon früh vernetzt in Künstlerkreisen. Befreundet mit Helene Weigel, bekannt mit Elias Canetti, Adolf Loos, Egon Friedell. Portraitiert von Oskar Kokoschka, rezensiert von Thomas Mann und Robert Musil – und dennoch bis vor wenigen Jahren so gründlich vergessen, wie kaum eine andere Schriftstellerin der 20er und 30er Jahre. Geschuldet dürfte dies wohl auch der männlich dominierten Literaturkritik in der frühen Bundesrepublik sein.

Maria, die Tochter einer vermögenden jüdischen Wiener Familie, hatte Geschichte und Philosophie studiert, engagierte sich politisch und stand der kommunistischen Partei nahe. Doch »Sigmund Freud lag ihr näher als Marx und Engels«, sagte ihre Schwester Auguste, eine Kinderbuchautorin, später.

1923 – drei Jahre nach Erscheinen ihres Debütromans *›Die Vergiftung‹* – heiratet Maria Lazar den Stiefsohn von August Strindberg und erhält so die schwedische Staatsbürgerschaft; danach veröffentlicht sie auch unter dem nordischen Pseudonym Esther Grenen. Das Paar trennt sich 1927, Tochter Judith bleibt bei der Mutter. Zusammen mit Bertolt Brecht und Helene Weigel folgt Maria Lazar im Sommer 1933 einer Einladung der Schriftstellerin Karin Michaëlis und geht ins Exil auf die dänische Insel Thurø. Denn in Deutschland hatten inzwischen die Nazis die Macht an sich gerissen.

Während der kommenden Jahre schreibt Lazar für skandinavische und schweizer Zeitungen und übersetzt literarische Werke aus dem Dänischen und Schwedischen ins Deutsche. 1939 zieht sie, durch die Heirat mit Strindberg schwedische Staatsbürgerin, mit ihrer Tochter Judith Lazar nach Stockholm. Als sie von Ärzten die Diagnose einer unheilbaren Knochenkrankheit bekommt, beendet sie am 30. März 1948 dort ihr Leben durch Suizid.

Erst im November 2015 fand die weltweit erste öffentliche Präsentation der Werke Maria Lazars unter Federführung der Österreichischen Exilbibliothek im Literaturhaus Wien statt. Beteiligt waren der Literaturwissenschaftler Johann Sonnleitner und der Verleger Albert C. Eibl, der die Werke Lazars als erster wieder zum Leben erweckte.